Virgo

处女座

8月23日~9月22日

林小仙 著

处女座
攻星记
Virgo

这世界从未与你相配过

中国出版集团 现代出版社

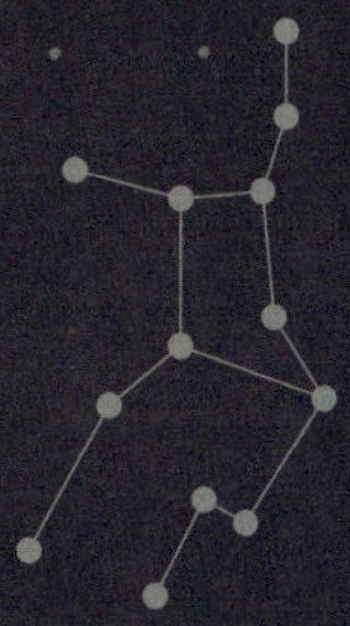

不随便开始，不急着妥协，真正美好的东西都不会轻而易举地得到。

愿你不被这个世界所累，多年以后，愿你能活得更像自己。

前　言

快被寂寞压得喘不过气时，你会说没关系，一个人挺好；明明内心柔软得像一团团云朵，却因心直口快被人讨厌；你不屑一切虚假的东西，可你怎么还经常笑着流眼泪；你崇尚完美，也深知这世界并不存在真的童话；你的深情常常被辜负，你也懂只有薄情才会被反复思念，可你做不到。因为你知道，正是因为这样真实的自己，才能被现在留在身边的人一直喜欢着。

是的，这就是来自处女座的你。

提起处女座，相信大多数人的第一反应都是撇撇嘴。处女座的完美主义与固执大概是分不开的，这也是他们被贴上吹毛求疵这个标签的原因，凡事做到十全十美是他们不变的追求。

极端完美主义、强烈的批判精神，让他们看上去有些偏执，总是给人距离感，有着让人难以亲近的冰冷。有着自己美好精神世界的他们，有时候难免会显得孤单落寞，但如果你肯走进他们的内心，会发现他们是内心住着天真热情的孩子。

处女座，很怪。

属于付出型的处女座，不论是工作、家庭、还是感情，一旦投入就会整颗心都扑上去，即便是受了伤也不会后悔。

处女座不喜欢浮夸，总是少说多做，他们内敛、谨慎、勤奋，所以在一个团队中，他们虽然不会太耀眼，但在长年累月中，他们也将获得不可或缺的位置。

处女座对于爱情同样有着苛求的态度，很多处女座的人情路都十分坎坷，一路跌跌撞撞。

其实，他们想要找的，不过是一个可以在他们任性时，不论对错上前紧紧抱住他们的人，那样他们的心就会柔软下来，对错还有什么重要呢。可惜大多数时候，爱人都是转身走掉了。即便他们嘴上说着："我再也不要相信爱情了！"等下一次遇到了喜欢的人，还是会奋不顾身，他们信仰爱情，也坚信爱情会降临在自己身上。

只要你对处女座好，处女座可以为你放弃天使般的生活，处女座从不介意过平淡的生活，他们对爱情的勇气让许多人都望尘莫及。如果能被处女座爱上，那真的是一件幸事。

更可贵的是，无论是男是女，他们都不介意成为爱人的后盾、背后的贡献者。他们爱情里面所有的迁就都是心甘情愿，甚至了无痕迹。如果不是遇上一个很会给处女座安全感的人，那么辛苦的通常是处女座自己。

处女座，很诚。

处女座非常念旧，但很少有人能在他们风轻云淡的脸上，看得出他们还记得过去。在他们的柜子里，仍放着多年前的日记本、老照片、从前恋人送的礼物、童年的玩具以及一些旧旧的平常小物。其实他们知道，这些东西已经无用，甚至在几次大扫除中可以顺手扔掉，可他们没有。即便是过去了很久，对他们来说经历过，便值得留在记忆里。

所以，处女座的世界充满秘密，外人很难探个究竟，他们有着最深沉的爱和最持久的情，却不易为人察觉，它深藏在内心深处，只供他们自己偶尔在深夜时拿出来矫情缅怀一下。

不得不承认，处女座是很天真的人，他们天生热爱美好，追求美好，谈了恋爱就想过一辈子，交个朋友就想往来一生，尽管有时候故作姿态说着一切顺其自然，可心里比谁都不愿意让任何美好的事情发生一丝的改变。

对于在感情上缺少远见、又不会玩弄技巧的处女座来说，最大的期盼大概就是，希望所有的感情都能真挚且长久吧。

处女座，很傻。

你没有看到过处女座的眼泪，是因为他们从来不会在人前哭，除非你把他们的真心夺走了。处女座的人不会放弃世界，却会放弃自己，去成全别人，他们懂得原谅和理解。处女座即使是感到疼痛，却仍心存感激。感谢一切相遇，感谢所有付出。

如果你的前任是处女座，那么多年后你能想起关于他的记忆，绝不会是他当年的尖酸、固执和暴脾气，而是他温暖单纯的笑脸，和当年一心一意爱你的勇气。

处女座，很真。

在别人眼中处女座可能是个冷漠的人，来日方长，你会感受到他们心中炽热的情感。他们害怕伤害，但同时又注定受伤害；他们缺乏安全感，却会给予对方最大的安全感。尽管他们天生悲观、容易自卑，但他们的坚强乐观是别人无法想象的。

处女座，很暖。

答应我，处女座在这个美好又有一点儿丑陋、温暖又有一点儿无情的世界里，多留一点儿爱给自己，好吗？

目　录

第一辑　在乎够深的东西，别人碰一下都觉得是抢

第二辑　你那么孤单，却偏说一个人真好

第三辑　那些执迷不悟，是你对自己撒的谎

第四辑　温柔要有，但不是妥协

第五辑　你的完美主义，是最单纯的孩子气

第六辑　明明红了眼眶，却还笑着说原谅

第一辑

在乎够深的东西，别人碰一下都觉得是抢

处女座生来就没什么安全感，却会给别人安全感。

处女座的人多为举止冷静，常使人误以为他们内心也是如此平稳。其实他们害羞、保守、凡事保留，他们细致的心灵需要呵护、安慰，以及对生活有把握的主控感。

泰然自若的外表下，有着一颗紧张和敏感的心。他们常担心自己魅力不足，一旦坠入爱河，也希望一切完美无瑕，为事实可能不如己意而恐惧不已。

很没有安全感的他们总喜欢猜疑，喜欢作出承诺是因为他们能说到做到，感觉对了就会一直偏执地爱下去；对自己残忍不懂得自私，只会把所有最好的留给自己最爱的人。

抱着你的时候，
感觉像在倒计时

处女座天生容易紧张的个性容易让安全感像空气般飘忽，呼吸却抓不着。一个痛心的触点就能让他们泪流满面。

处女座不在乎金钱和地位，他们想要的是被在乎、被爱。要说他们视金钱为粪土有点儿过于清高，但说这世上有什么是金钱买不来的，那处女座的安全感算是一种了。

一路泥泞，漫天花瓣。
零散的足迹演奏失落的记忆，
而不知情的你，可曾感觉到我逐渐的无力。

这个世界上，总有人是因为缺乏安全感而重复着说我爱你，而你想要的无非只有两样东西，很多很多的安全感和很多很多的爱。

透明的雨衣放在院子里晒太阳，金黄色的光晕在雨衣身上画着地图。哪一条路线才是通往爱人心里的捷径，你不知道。

人间四月，街口的桃花迎着春风笑开了怀。你闻见香气从街口传来，满满都是四月人间的味道。他的影子在哪里驻足，你不知道。

对一个人动心，一见钟情、邂逅相遇、日久生情都不是难事，一瞬间的灵魂投契发生的概率非常高，但为什么发展出一份真爱并持久下去，似乎又那么难。

有没有一个肩膀，可以依靠一辈子都有安全感；有没有一场拥抱，可以紧紧地让两个人再也不分开，谈一场不分手的恋爱有多难？

经过了心动，随着交往中双方好感的不断加深，开始共度很多欢乐时光，开始有说不完的心里话，每一刻都想跟对方黏在一起，这时候，爱开始在双方的内心滋生。

你最怕看到的，不是两个相爱的人互相伤害，而是两个爱了很久很久的人突然分开了，像陌生人一样擦肩而过。你受不了那种残忍的过程，因为你不能明白当初深入骨血的亲密，怎么会变为日后两两相忘的冷漠。

推开窗，把自己深深地埋进风里，你要把喜欢放进风里。如果有一天风吹过他的身边，请他一定要记得收起你放在风里的你对他的喜欢。

你路过他去过的每个城市。想象他曾经也像你这般，抬头看向那片蓝天，闭着眼睛深深地呼吸，那时候的风是否也曾经吹乱他的发梢。

他提过的那个书屋，他去过的那个咖啡馆，他路过的那个街角，他拍过照的那棵树，一切都那么清晰。你想象着像他那

处女座的寂寞，就像是小孩子要不到糖果的委屈，看似没什么大不了，实际上会让人很想大哭一场，繁华尽处的萧条也不过如此。

Virgo

样，一一地到过这些地方，然后情不自禁地拿起手上的相机把它们都定格。

可你终究觉得自己什么都握不住。就像那相机的寂寞，记录了所有，那些所有却不会是属于它的。就像他，从来都不是你的。

阴天的午后，有些凉意从单薄的衣服灌进身体里。手里拿着热咖啡不停地哈气，有些轻烟袅袅的情怀在那个喧嚣的大街上就那么不由自主地产生了。

想象这时的他站在街角，冷漠地看着红绿灯的跳转，行人的匆匆，车辆的循环交替，一切都在有秩序地转动变化，只有内心并不感到平静。在喝一口咖啡后，把所有的叹息跟着咖啡咽进喉咙里，似乎这样就什么都消失不见了。

其实，你想告诉他：等等我吧！前路太险恶，世上这么多人，只有他，是给你最多安全感的伴侣。

请他不要就这么放弃你自己，请你别放弃你。你不再要那些一击即碎的自尊了，你的自信也全是空穴来风。你的卑微，他从来都不知道。

他从来都不知道，他站在你心里最柔软明亮的地方；他从

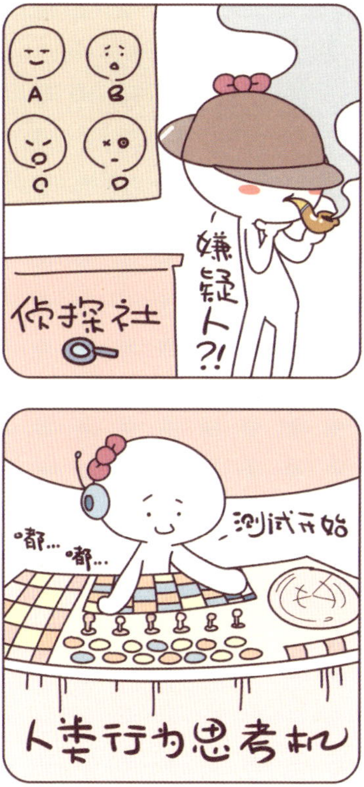

处女座心思细腻到可以第一时间感受到周围人情绪的细微变化，嘴角的弧度、手指的摆放、瞳孔的震动都瞒不过他们。他们更会考虑这些和自己有没有关系，自己说错了什么？做错了什么？还是哪里不对了。敏感的处女座总是不容易幸福。

Virgo

来都不知道，你把他爱进了骨子里都不肯有半点懈怠；他从来都不知道，每次抱着他，感觉地球都安静了，而时间就像在倒计时。

一生太长，花期荼蘼，也抵不住荏苒时光。

这一生是谁苍白了谁的等待，又是谁无悔着谁的执着。

想让处女座爱上你吗？如果想的话，死心塌地一点儿就行了。全心全意地付出，也不要太计较回报，时间长了，你赢是铁定的事儿。因为处女座和射手座不一样，射手座喜欢成天追着不爱自己的人跑，可处女座只爱深爱自己的人。

在乎够深的东西，
别人碰一下都觉得是抢

爱是一件没有安全感的事情。越爱一个人，就越会担心他离开，会怀疑，会患得患失，会想得更多。处女座的人认为两个人仅仅是相爱，不一定能走到最后。而两个人一直都在一起，才会有好结果。

爱情的产生有很多可能，想长久却只有一种可能，那就是陪伴。你要问处女座什么是安全感？他们一定会说：安全感，是尘埃落定的安稳，是不离不弃的笃信。

你一生渴望被人收藏好，
妥善安放，细心保存。
免你惊，免你苦，
免你四下流离，免你无枝可依。

现在的你已经不再轻易地流泪，就算痛你也强忍着。

你不再害怕孤独，不再害怕面对之前的自己，不再急于寻求外来的安全感，而能从自我找到安定的力量，找到坚持下去的勇气，找到属于你自身的节奏。

有时候会刻意地回避一些事，是因为怕想到之前的自己。就像是到了某个阶段，你再也不去翻以前的照片和状态，你告诉自己那是曾经的你自己。

人大概就是在不断地否定过去的自己中成长起来的。

然而你内心有另外一种声音，告诉你把过去的自己踢到垃圾桶里的原因是，你害怕面对曾经的自己。你怕当你看到曾经的自己时，产生巨大的失落感。

这种失落感来源于现在的你和想象中的你，很有距离。

就像无论你把多少小情绪归为矫情，把没有安全感当成爱得深，你都无法否认，有些错误无法避免，有些东西应该保留下来。就像是存在手机里的歌曲，这么多年了，居然一点儿变化也没有。也难怪，你能指望它们产生什么样的变化？

亲爱的，没有人能时时刻刻地在你身边，即使是你的另一半也做不到。互相取暖这种东西说起来，得双方都具有温度才行，所以你不能冷到极点。

你们都是没有安全感的人，纵使自己知道有些无理取闹，但就是想要证明自己的重要性。明明是依赖，却要表现出无足轻重的样子；明明是在意，却要表现出毫不在乎的样子。这样的你，该如何是好。

可你一直相信，上帝会保佑没有安全感的人。

当你一个人独自用力去在乎、去爱，却对这爱无从感知、无从把握，而缺乏安全感时，那这场爱只不过是自编自导自演的一幕舞台剧。而对方充其量不过是一个观众，而且是唯一的观众，他或许偶尔会鼓鼓掌或喝声彩，也只是为了避免冷场。

这场独自出演的爱会很苦、很累、很落寞，甚至很残酷。

处女座生性简单，却带着一种奇妙的力量。就像一杯白开水，貌似平淡无奇，实则不可代替。

Virgo

忠诚是处女座的代名词，拥有好人缘和异性朋友多是处女座爱热闹和爽快的性格所致。一旦找到心中真爱，处女座的心中眼中从此唯有一人而已。寻花问柳这种事与他们绝缘，原因一是责任感所致，二是怕麻烦。

Virgo

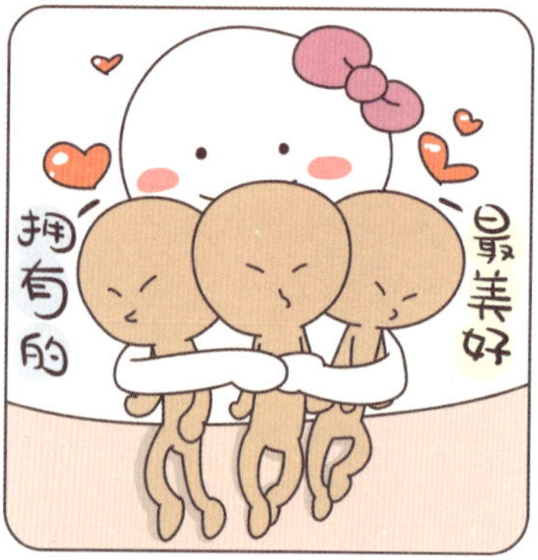

你要的不是虚无缥缈不可捕捉地说在乎，你要的是真实淡然、安全可信、触手可及的在乎和爱。

爱不是独角戏，爱是彼此的相互交付与需要；爱不是你一个人在自言自语，是需要在生活中慢慢积累和用心地交流所带来的安全感。

你总是诚惶诚恐，没安全感的你通常会觉得喜欢的人没有那么喜欢自己，一点儿小事就可以让不稳定的情绪爆发，之后在冷战中等待别人的让步，结果只会导致互不理睬、不欢而散的下场。

其实道歉并不一定代表自己真的错了，只是认为这段关系比自己的尊严更加重要，因为你更害怕对方的沉默不语，因为有时候你觉得沉默比争吵更加难熬。

偶尔，你也很怀念以前的自己，那么执着，敢爱也敢狂奔。

用一场大雨的时间专注一个人，不怕淋雨也不怕等。牵过手就当作约定，死死地捏在手

处女座是属于回报型的恋爱星座，只要你对他好，他可以为你放弃天使般的生活。处女座从不介意过着平淡的生活，因为他们会为生活制造乐趣。处女座自带的光芒容易出风头，但他们也是最懂得退让的星座。

Virgo

心，做的梦虽然都是远远的，可是睡得安稳。

爱总是想象的比现实美丽，相逢如是，告别亦如是。你曾以为爱得很深、很深，来日岁月会让你知道，它不过很浅、很浅。那些你曾深情不悔的、想拼命守护的、握在手里不肯松开的、怕被别人抢走的，或许都不是真正属于你的，真正的爱，是不用眼泪偿还的。

害怕终将分别，
也害怕久别重逢

处女座是天生的胆小鬼，只想要平凡的爱，但要刻骨铭心。他们不喜欢争，大多数情况下会用沉默来代替内心的不安。

处女座对待在乎的东西总是傻傻的、直直的，但对爱人忠贞不渝。多年深爱一个人是他们的特征，且很珍惜与对方在一起的时光。因为天生悲观的他们，相信分别是不可避免的剧情。

害怕离别来得太突然，
惊醒了沉溺在有你的美梦中的我，
所以请原谅我在这大好的时光里，
已在心里做好了与你随时说再见的准备。

每个故事的开始都是美的，美得到结束时你都不愿意相信自己拥有过。

也许每一次相遇，美好的只是瞬间，而后便是去的风、落的尘、伤的泪。每一段记忆的流光里，总会收藏着一段往事或者一个人。人生更是如此，在不断地失去和拥有之间徘徊。

不知道是谁说过记忆是一种温度，记忆有温度，才会在孤寂和清冷的时候回忆往事。它蕴藏着忧伤，才会在想起的时候落泪。

爱情并没有因为时光的流走，让人减少半分疼痛，当这种痛侵蚀着心脏，一切就早已注定逃脱不掉了。没有人记得你曾经来过，然后悄悄地消失不见了。

一直以为，彼此能够邂逅，能够相逢，能够相遇，定是五百年前佛祖面前定下的缘。可缘起缘灭的瞬间，你早已经错过了前世今生的五百年。而来生，来生是什么？也许是一丝怅然，也许是一世的等待。

你也曾将心完全地托付给一个人，可后来，你们被彼此生活的细节所打败，你觉得他不再爱你，他也觉得你不再爱他了，但你们都知道你们还在一起，今后的一切都被那曾经的美好支撑着。

然而，美的东西总是脆弱的，你们开始吵架，开始冷战，有一天甚至会觉得当初的相遇是多么可笑，当初的相爱是多么幼稚、莽撞。爱情不再美好，变成了负担；相守不再幸福，变成了压力。

你选择了逃跑，画一句曲终人散。

总有那么多的是是非非、那么多的因因故故，以为那温暖的地方就是自己的归宿，从此不再孤单。有一天，爱情走了，所谓的永远变成了消散的烟花，那份曾经的温情在你脑海中升腾，成为了回忆。

一次次的别离，你感到麻木。最后画一句曲终人散也好，画一句花好月圆也罢，像一个过客，眼看着无数自己和别人的故事，从自己身边流过。

桃花树下桃花落，每一朵桃花都与他有关；桃花树下桃花劫，桃花梦里都有他。注定，你和他，是一场桃花劫。于是，每一份相思，每一份牵挂，就那样多了一些说不清的暧昧，把他藏在你心里无人能及的地方，深深地嵌进你的心底。若有天，他不会再出现，不会再给你任何消息，你会难过吗?

他走了，却走不出你的心。他离开了；却离不开你的视线。小小的心总有一个专属于他的最柔软的地方，眼里常驻着他温暖的笑容是如此熟悉，梦里也总有他挺拔的身影翩然而至。

用了一秒钟的时间爱上一个人，然后用了十年还是没能将他从你的脑海彻底抹去，那年你青涩、懵懂，并不真正了解什么是爱，却总在见到他时怦然心动，不能自已。

虽然心里有很多悸动，但你依然悲观地认为这世界的任何感情都有尽头，你害怕终将到来的分离。

爱人的离去是要你独立去爱，爱得更扎实，不靠依恋，也不是继续迷失、活在死亡阴影里。人是充满变量的生物，你却幻想有个永恒不变的匹配对象。

有些人需要一辈子去忘记，有些事需要一辈子去怀念，有一种记忆却是一个转身就会忘记。再见，亦会再见。两两相望，心渴望重逢，爱咫尺天涯。

席慕容说，当你年轻时爱上一个人，一定要温柔地对待他，这样隔年回首，方是一段无怨的时光。

我以为你爱我，像我爱你一样爱我

处女座眼里只有在乎的东西，如果遇到怀疑重重的事情，不到自己底线被触的时候，是不会说出后会无期之类的话，只会窝在心里不断地想象各种情况，不敢问、不敢面对，结果把自己搞成内伤，这一点很不好，但真心改不了。

处女座怕的不是爱人的身不在身边，怕的是爱人的心在别人身上。

我就像一个间谍，潜伏在所有可能认识你、
所有可以贴近你身边的人的身边，
我以为那样我就可以离你近一些。
直到你从我身边经过依旧目不斜视，
我才发现，我对于你不过是甲乙丙丁的一角。

遥望着苍穹，星星在闪烁着，仿佛在述说着先人祈祷的呢喃和虔诚的祷告。

在这样的夜，你真想有个人陪着自己，听檐雨，数星星，看花落，或者只是在灯下静静地对视，什么也不说。

如果可以，那该是怎样的风景？

而此刻，你什么也不敢去想。不敢想皎洁的月光，不敢想旧日的时光，无尽的怀想只能给你无尽的心慌。

倾听着夜晚的呓语，缱绻着柔柔的爱意。在这相隔遥远的天际，一眉淡淡的相思婉约在心底。

在那些美好的年华里，总有那么一个人安静地躺在你的记忆里，温柔了你整个青春岁月，也惊艳了你今后的每一片时光。

你的骄傲和清高，也只有在喜欢的人身边展现不出来。这是你不得不承认的事实。在感情中，明明是个孩子，你却总是假装强大。被伤了又伤，却没有人把你当作孩子一般疼爱。

你喜欢天黑，因为天黑下来你的眼泪不会被别人看到，你从不要求谁能心疼你，至少别取笑、欺骗你就好。

你一直表现得不痛不痒，不哭不笑不闹，有委屈却没有拥抱。你渴望活得简简单单，可一切却不如想象中的美好。

你以为自己够幸福，可爱而不得的疼，比预料中的多了好几倍，你发现这种疼让自己刻骨铭心。

说着不在乎，说着无所谓，只是这些都不能骗过你自己。你接受不安和惶恐，你总是微笑着释怀。

情不知所起，却一往情深。

怎么能忘呢，他眉眼清亮如水，声音清澈

温暖，那一日的阳光也是这般温暖缠绵，丝丝绕绕，缠绵成扣，扣扣尽在心前。你记得他的笑容、他的声音，即使岁月遮蔽了记忆，多年以后，你依旧记得。

他静静地隐藏在你的心里，你安静而不动声色地在远处观望他，看流年变沧海桑田，却一直以旁观者的姿势，看他走过四季的温柔的侧脸。

可世界不存在如果，也就没有你念着的生活。世界不够美好，可你不抱怨。

曾经紧紧地将爱握在手心，它却像细沙一样悄然无情地从指缝间流失，攥到累了，手疼了，将手放了，它又停止了流动，稳稳地聚在手中。

你曾经也幻想过，想象着他温柔的样子、冷酷的样子，想象着他是天使、是骑士、是王子，是一切美好的代名词。

他应该干净清爽，笑容明亮，他的白色衬衣上会有柠檬的清香，他温暖阳光，他的身上有无数你赋予的美好气质，渐渐地，连你自己也分不清楚，自己喜欢的究竟是现实中的那个人还是你幻想出来的美好样子。你只是，一天一天，一点儿一点儿，慢慢沉沦下去，他成了你心里唯一繁盛的枝丫。

可是终于有一天，你们在注定的时间分散在天涯海角。

到底什么是幸福？没人能给它过多的诠释。

像猫转着圈圈，尾巴追随着它，那么幸福就是追随；像初恋的情人间的甜蜜，幸福便是恋爱的美感；像一个人一穷二白，有天突发横财，幸福就是贫穷与富贵转化的一瞬间。

然而，猫的尾巴总有累的时候；海誓山盟总有不能兑现的时候；金钱财富总有消失的时候，你发现这些不长久的给不了你安心。

一些东西、一些人注定与你只能擦肩而过，刻意的挽留只能心力交瘁。

人之所以感到痛苦，原因之一就是永不知足、索求太多，甚至索求一些不属于自己的东西。因为自己的内心填不满、放不下，你才时常感觉活得太累。

当你真正放下之后，你才发觉所有的苦恼也都被你放下了，你如原来一样轻松快乐。

被爱的感觉总有些不安，怕给爱的人最后难堪

处女座是多愁善感的，但是你必须了解，像他们这样小心谨慎的人，怎么可能会那么容易让人看到他们内心中梦幻的一面。他们会因为没有安全感而很容易放弃。他们不是放弃别人、放弃什么东西，而是放弃自己。因为担心求不得，只能放弃。

处女座没有相应回报，是不敢轻易付出的，但一选择付出，就是全心意的。

在人们眼中，处女座很理智，也善于逃避。

别人越是对自己有新鲜感，就越是害怕。
害怕的当然不是新鲜感本身，
而是害怕无一幸免的厌倦，
害怕的是新鲜与厌倦的落差。

你也曾想，要做一个狠角色。拿得起放得下，凡事云淡风轻，不想被爱和心事困住。

但这很难，比想象中更难。

你多想有一晚在爱人怀里，不醉不归。你多想再回到那一秒，他依旧拥抱你，却只能在梦里相见。

你的爱，好似那天上的星星般，遥不可及；你的恨，早就埋在下雪的冬天，融化在那几年。

你是理智的，也是任性的。你是想爱的，却也怕爱。被爱的感觉总让你不安，怕爱的人最后离开。

曾经的爱恋，在你心里如冉冉而升的气球，破碎在高处不胜寒，你轻点往事的唇，伴着欲说还休的无奈，亦步亦趋地行走在生活里。

回忆逆流成河，淹没了昔日或灿烂或沉寂的年华，忧伤瞬间涌来，在寂寞的枝头上若隐若现，成长为待放的花苞。你停止思绪，让心念静止，你不想让忧伤在寂寞的枝头开出凄美的花朵，萦绕心间。

世事冗杂，你一度迷失在前进的路上，你愤懑，委屈，惶然，惊恐。在不谙世事的年龄，你心地单纯，无拘无束，不会瞻前顾后，不会察言观色，更不会阿谀逢迎。

可是，从什么时候开始，你的心灵，被世俗染上了卑微，染上了灰尘，染上了疲惫？

你不得不承认，感情有时真的是很荒谬的存在。你无法洞悉它的方向，无法掌控它的节奏，你被它玩弄于股掌之中，却逆来顺受无法自拔，甘愿在幸福与痛苦的交织中沉浮然后触礁身亡。

而更多的时候，在爱情的纠葛中，你连自己都无法把握。

你无法控制自己不去爱一个人，也无法引导自己去爱一个人，似乎冥冥之中都自有天意，所有的爱恨情仇都是命数。

既然是命，那就无法挣脱也无法改变，你只能接受只能顺从。

你仍然相信爱情和幸福的存在，却不确定幸福是否会给你怜悯与恩惠，也不知道自己是否拥有足够的幸运能迎接爱情降临。

于是，你只能无奈地相信随遇而安，抱着微茫的希望，实则却已是死水微澜。

你也曾爱过一两个人，但是都无疾而终。面对爱情，你有着飞蛾扑火的勇气与执念，也算倾其所能小心维护。

每次都告诉自己，攒满失望就放手，但是只要他一句轻声挽留，所有的坚定和果敢便又都溃不成军。

也曾有一两个人爱过你，却也是不欢而散。你能感受到他的温暖和关怀，你知道和他在一起未来将有多幸福，你也努力尝试过给彼此机会，但是他怎样都无法走进你心里。

这种感觉就像他拼尽所有送你一把雨伞，

而你的世界此时却是晴天。

谁知道爱是什么，短暂的相遇却念念不忘。用尽一生的时间，竟学不会遗忘。

或许有一天你不得不承认，你爱的人终其一生都无法成为你的爱人，而爱你的人已经把爱给了别人。

其实好的爱情根本不会让你心力交瘁地去经营，爱你的人也不会让你时刻担心他会离开。

不合脚的鞋就脱了，不合适的人就放手。不必为了挽留任何人而低声下气，反正怎么过都是一生，所以自己活得快乐最重要。其他的都顺其自然。

你别怕，总有人熬夜陪你，下雨天接你回家，好的东西总是压箱底，遇到时记得要珍惜。

情愿你别讲，
让我自己忘

处女座看似刀枪不入，百毒不侵。只有他们自己清楚，天生零安全感是他们的致命弱点。在感情上，他们会慢慢卸下自己的保护壳和防备心，最终会坦露自己的一切。他们最怕爱人会说出令他们伤心欲绝的话，这使他们很难复原，所以他们宁可自己认清爱的绝望，自己疗伤。

处女座的人绝不轻易爱上一个人，因为害怕受伤、害怕不可自拔、害怕得到后却又失去。对于他们来说，爱一个人就像吸毒一样会上瘾，想要戒掉是很难很难的。

我想，我放在你那里的心，
已经落满灰尘，无人问津了吧。

人生中，我们总是在不断地告别，不断地说再见。这样的告别每天都在不同的城市、不同的角落演绎。有些告别只是为了下一次更好的相见，可有些告别却成了永远的再也不见。

当爱情突然来临，快乐便像小鸟，啁啾于枝头；当爱情突然有一天远走，谁又能告诉你，是否该默默承受。

缘起缘灭，缘浓缘淡，也许真的是有些人注定被等待，而有些人注定要用一生去等待某个人……不知道从什么时候开始，你习惯了这样孤寂，静静地品味曾经。心事便也在袅袅音韵中氤氲起来。

始终相信，遇见是上天的恩赐，也许，今生你就是为找寻爱情而来。

想象着在落满红枫的小径上，十指相扣，不求地老天荒，只求莫失莫忘；想象着在这个冬季，你的柔情微笑会如雪花般萦绕他全身，沿思念的脉络疯长，你会深情地握住这份幸福，用他的名字取暖。

没有人知道，这世界上，究竟有多少情属于浅相遇，深相知；更没有人知道，这世界上，究竟有多少情属于默然相伴，寂静欢喜。

人生犹如一场戏，在每一个转折点，总有意想不到的邂逅。

有的相遇成歌，注定了在这缱绻红尘中，相携而去。有的转身为念，注定了行色匆匆，独自而行。

其实，上苍是公平的。在为你关上一扇门的时候，自会为你打开一扇窗。所以才有了离别成歌，相思成语。所以你的人生才有了韵味，才有了纷扰。

是谁在午夜诉说着那片琉璃心事？那纠结在心底的落寞和着那缠绕在枕边的青丝，一圈一圈，一轮一轮。轻拾一片，握于掌心，轻轻吹平那岁月所留下的印记，一遍又一遍。

抑或是同样的心境，抑或是心灵深处的柔软，竟无语凝咽，泣不成声。相知，只是一刹那间，注定从此会走进彼此的世界，你们的故事因此生动起来。

他给你的幸福感，你舍不得张扬，只有淡淡地相守。就像这场相遇，没有抑扬，亦没有顿挫。故事平淡得犹如一眼清泉，轻轻地、静静地流淌在岁月的长河里。不起波澜，偶有涟漪。

遥望，在路尽处一片暗香袭来，是他踏歌而来；回眸，在林深处一缕淡香飘来，是你逆水而上。

平平仄仄，深深浅浅，无不演绎着那份真实与平和。

有些人，只能看着他渐渐离开，你不敢去打扰，也不会去打扰；有些人，你走不到他的生命里，错过了，就回不去了；有些人，你会偶尔想到他，然后笑了，你无法挽留，因为没有勇气。

当一切都散场的时候，就觉得自己不重要了。

他的生命里已经有了人，你又怎么能走得进去？你们之间，从陌生到熟悉，从相爱到陌生，始终都保持着一颗心的距离。你们都很默契，都不会走进彼此，都选择沉默和祝福。

要过多少年，你才能将激荡的感情收起，变得缄默从容，告别富于挑逗的美好，告别脆弱的精致，告别无用的敏感？不再会遇到风吹草动，就草木皆兵，而是变得茁壮，哪怕被误认为是倔强。

亲爱的，请你相信，爱情伤人，却也让人成长，当你让自己变得开心，一切都会瞬间变得美好起来。

每天的太阳都是新的，好好去爱，就像从未受过伤一样，去生活，去感受。现在过的每一天，都是余生中最年轻的一天，不要辜负了美好的时光。

喜欢一个人的感觉，其实就是害怕

处女座属于“其爱越深，其言越寡”的那种人。

有太多太多的话想说，但更期望对方能自己发现，有太多太多的东西想解释，却也不屑于解释。被误会也好，被冤枉也罢，总期待着对方发现真相，可往往很多事都是在分手以后、感情殆尽时对方才会知道，这就是处女座的可悲，永远不能被自己深爱着的人珍惜。

到哪里找那么好的人，配得上我明明白白的青春。
到哪里找那么对的人，陪得起我千山万水的旅程。
可正因为你那么好，我才害怕，害怕惊动了爱情。

爱，是令人日渐消瘦的心事，是莫名的伤悲，是记忆里一场不散的筵席，是不能饮、不可饮，也要拼得的一醉。

那一朵，还没开过就枯萎了的花，和那样仓促的一个夏季；那一张，还没着色就废弃了的画，和那样不经心的一次别离。

你喜欢他，但你不追，因为你怕惊动了爱情。

你感谢他，能够这样默默地活在你的心里。在你心里把他安放在干干静静的一角。你一直对他是小小翼翼的，就是怕“碰落了花，融化了雪”。

因为只有他，是你唯一一个偷偷爱着的人，他在你心里永驻，不是吗？

你相信，爱的本质一如生命的单纯与温柔；

你相信，所有的光与影的反射和相投；

你相信，满树的花朵，只源于冰雪中的一粒种子；

你相信，三百篇诗，反复述说着的，也就只是年少时没能说出的那一个字；

你相信，上苍一切的安排，你也相信，如果他愿与你，一起去追溯，在那遥远而谦卑的源头之上，你们终于会互相明白。

爱那么短，而回忆那么长。这短短的一瞬，会在不经意间刻骨。如果没有失去，人就不会懂得珍惜；如果没有感受到甜蜜幸福，也不会为分别痛苦。

不敢惊动爱情，生怕爱得潦草，生怕失去，生怕握得太紧，又生怕握得不够紧，所以有时候宁愿站在墙外面窥探，还以为这样可以不伤害，也不被伤害。

有时候，没有下一次，没有机会重来，没有暂停继续。有时候，错过了现在，就永远永远地没机会了。只是因为太年轻，所以所有的悲伤和快乐都显得那么深刻，轻轻一碰就惊天动地。

你也很想知道，当你的名字滑过他耳朵，他脑海中会闪现些什么。生命中总有那么一段时光，充满不安，可是除了勇敢面对，你别无选择。

记忆就像倒在掌中的水，无论你是摊开还是紧握，它都会从你的指尖一点点地流淌直到消失。所以多年后，那个骑着单车载你回家的男孩，对着另一个人，会用同样温柔的声音诉说着天荒地老，坚贞不渝。

而最后，执子之手，与子偕老的那个人，只不过是你想要安定下来时从你身边匆匆而过的路人，你轻轻拽了下他的衣角，他轻轻地回头，一个转身，就这样平平淡淡的一辈子。

所谓尘世的繁茂与荣华，喧嚣与沉静，都敌不过现实给我们开的一个玩笑。那么，把爱情这头猛兽用铁链紧紧地拴在心里吧，纵使它怒吼咆哮，纵使它凄声哀求，都千万不要打开兽闸，它会慢慢安静下来，最后睡死在心里。

嘘，别再惊动了爱情。

你害怕爱情，在看过了那么多的悲欢离合

之后，害怕和一个很好的人形同陌路。

你害怕爱情，还因为你不懂得爱情。爱情难道是廉价的？否则怎么有那么多人分分合合，合合又分分。或者爱情很昂贵，否则怎么有那么多人愿意倾其所有，前仆后继？

嘘，别慌张不安，等到对的时间，对的人他定会来到你身边。

第二辑

你那么孤单，却偏说一个人真好

处女座的寂寞，就像是小孩子要不到糖果的委屈，看似没什么大不了，实际上会让人很想大哭一场，繁华尽处的萧条也不过如此。

处女座是孤独的，从不争夺。处女座的人深信宿命这件事，他们认为是自己的终将为自己而来，不是自己的东西，他们一般不予理睬。

人来人往中，要处女座对一个人动心不容易，最初接触处女座的人都被他那种不冷不热的态度吓走了。但真正走进他心里的人，就会发现处女座对人好起来是没有底线的。

你那么孤单，
却偏说一个人真好

处女座总是把自己状态好的一面展示于人前，而状态不好时则是全世界的逃兵。你刚认识处女座，会觉得这人整个就是一冰山。还是放冷箭的那种，一不小心全身就被扎了无数个洞。熟络了之后，却发现原来处女座是冰山包住的小火山。

处女座总是孤独的，因为他们太难遇见懂他们的人，但他们从不因此感到悲伤，因为他们相信爱的吸引力，总会带他逃出孤独的牢笼，只是或早或晚罢了。

你与茫茫人海擦肩，
没有一个能真正触动你的心灵，
直到遇见那么一个人，
于是你的一生都被改变了。

你脸上云淡风轻，谁又能了解你咬紧牙关正在死撑；你走路来去如风，谁又能知道你膝上仍有摔伤的淤青；你笑得没心没肺，谁又能懂得你哭起来只能落泪无声。

有的时候，我们扮坚强，是为了不让人看出脆弱；扮高兴，是为了不让人看到伤口；扮轻松，是为了不让人发觉无助。

你还是站在公交站牌前，等待着公交车。你走在繁华的街头，听着一个人的音乐。你坐在两个座位的餐桌上，吃着一个人的午餐。你躺在公园的草地上，感受着一个人的生活。

你总是看着那么幸福，总是看着那么快乐。

一个人的时候，悲伤了，强忍着眼泪笑一笑；一个人的时候，失败了，低头咬着牙说要坚持；一个人的时候，颓废了，对着天空呐喊；一个人的时候，寂寞了，闭上眼，听一首情歌，睡过去；一个人的时候，失眠了，打开电脑，找着相似的故事。

一个人的时候，其实也不算太孤单，只是有时候会很寂寞。

虽然，你还是一个人，别人看不到你的内心，看不出你的悲伤，你总把悲伤留给自己。你喜欢听他人倾诉，为他人分忧，把自己的故事埋在心底。

在别人眼里，你是那么坚强，坚强到什么事都可以一个人做。他们不懂你，可能一生都不会懂。

一个人的时候，你也会有些害怕。因为，不知道这一个人的生活，什么时候才是尽头。

一个人的时候，你也会有些难受。因为，不知道自己的苦可以和谁诉说，对的人在什么地方。

一个人的时候，你也会有些迷茫。因为，不知道在这复杂的社会里，自己一个人能够走多远。

一个人的时候，你也会去想一些人。想起那些曾经陪伴过自己的人，想起曾经幸福的日子，幸福得有些难过。

漫长的夜，谁会在乎你的孤单？谁又会想到你的苦和乐？

暗淡的夜，悠长而宁静，沉寂的屋，空旷冷涩。你一个人盯着紧闭的窗、凝视着从窗帘缝隙中透进来的那一缕幽暗的光，想放飞自己的思绪，又怕它飞得太远太久……

走在匆匆的人生路上，很少有人会驻足，对你注目一望，也许是走得太匆匆，没有人发现你的泪眼，而隐藏的那份伤感，自己也无法掂量出它的准确重量。

多愁善感的你，总有一种刻骨的痛在心头潜藏，而岁月的流逝并没有抚平心底的沟壑，世事的变迁也只能是让昨天的一切变成今天的回忆，让曾经的拥有变成苦涩的泪水。

亲爱的，当你一个人的时候，多笑一笑会放松，多苦一苦会成熟，多悔一悔会珍惜，多等一等会幸福。

一个人的道路，再苦也要走，再难也要坚持；一个人并不意味着脆弱，它意味着要有足够的坚强，去等待那个值得拥有的人。

当你真正遇到了对的人，请你一定要好好珍惜他。因为他为了等你，也同样过了太久的一个人的生活。

但愿，你们是彼此值得等待的人，相信那些孤单时所受的苦都是值得的。

总是口是心非，又希望对方有所察觉

处女座的人有时候性格很奇怪，有时候超爱表达，有时候又可以一天不说话。他们喜欢孤单，又害怕孤单，他们很少会敌视别人，很重视感情，不懂甜言蜜语，不屑于吹捧他人，本能地排斥虚伪和做作的人。

他们常常口是心非，不愿将心迹完全表明，又期望身边的人有所察觉，因为这样，处女座的人会给人一种猜不透的感觉。想必这世界能猜透处女座的人不多，所以孤单成了他们生活的必备状态。

愿有一天你会遇到那样的人，
你和你的词不达意，他和他的心领神会。
太多情绪无法解释，他都能懂。
不偏不倚，刚刚好。

有的人会在爱里爱着爱着就转身离开；有的人习惯在爱中爱着爱着也就只剩习惯；有的人在爱里然后爱着爱着就陌生。

你嘴上不说，可是你心里想要的是两个人爱着爱着就永远了。

不需要着急匆忙，不用三个人那般拥挤，不需要什么轰轰烈烈，不烦躁，没有过荡气回肠，其实你的爱情直到老去，也是最荡气回肠的。

年轻的时候会想着爱很多人。殊不知，爱一个人，就算用一辈子的时间都会嫌不够多。

慢慢地去了解这个人，去体谅这个人。彼此共同修为，陪伴着成长。直至没有什么爱不爱，而是你们就是彼此的存在。

你看，在时间里种花，只愿能够开出满满的都是爱。你听，在时间里浇灌，只愿能够慢慢懂得你向阳的欢愉下小小的哀伤。

慢慢种花，直到你遇上他，他爱上你。

无惧世事变迁，还是越难越爱。所有经历过的纠缠，所有难过的遗憾，都不可能没有意义。

其实你也知道，冬天就快覆雪，怎么还念念不忘时光和那个摘花的他。鲜花都凋零得七七八八了，植物也好动物也罢不是都要冬眠。一日就旧，情何以堪。还好你见着冬梅的桀骜，就像爱他也会有冷藏期。

那么漫长的岁月里一直是孤寂一人，那该是怎样的无涯的绝望，时常有一种无法言明的情绪会在心中蔓延，某一个夜晚或某一个瞬间会被思念袭击。

有时候听到一段音乐会黯然神伤，有时候想起某个人、某段情感，心便会软软地有泪要涌出。夜空里的星和月，耳边的风，街头的霓虹灯，都是温暖而柔和的，只是你的心里总有一种思念无处躲藏。

世事艰辛，红尘纷扰，有很多无法忘怀的事，有很多不可解释的过去，还有很多无法排遣的烦恼，在心中留下的终是一种轨迹。

你无法拒绝生命里的忧伤，就像你指间滑落的文字，它总是带着淡淡的忧郁。

你习惯了一个人把一天来的忙碌和压抑在夜里尽情地发泄，把一切的烦恼一点点展开，再慢慢地揉碎，放在枕边，临睡前对自己说，明天又会是一个好心情。在黎明到来前，还原一个坚强自信的自己。

你越来越依赖于黑夜，内心的空虚和孤寂排挤了现实中的一切。在这样一个人的夜里，关上灯，看着窗外满天的星星，一眨一闪地散发着凄冷的幽光，勾起对往事的回味。打开记忆的阀门，涌出苦涩的泪水。

站在岁月的路口，放逐记忆，轻拾一抹残红，静看一场花事。你想，在即将落泪的瞬间优雅转身，捡拾遗落风间的记忆。

回眸才懂，原来有些梦，经过岁月的沉香，念起仍会有一种让人流泪的温暖。

有人说，世间最执着的爱恋，是用最纯粹的心去爱一个人，用尽生命的全部力气去承受。

孤独的人，那么多，你也只是其中一个。

细数匆匆岁月，听说了很多人的故事，见到了很多人的容颜，走过了一条条的路途，经历了一场场的聚散，心思都是自己扛着，心情都是自己担着，谁都代替不了，谁都理解不全。

总有一个人会是另一个人的软肋，他能使你想起被需要的美好和失去的无望。他存在时觉得可有可无，一旦离开则会痛不欲生。但至少，你能留住他，陪着你走过这无涯的人生。

愿有一天你会遇到那样的人，你和你的词不达意，他和他的心领神会。太多情绪无法解释，他都能懂。

不偏不倚，刚刚好。

一个人怕孤单，
两个人怕辜负

处女座的孤独无药可医，他们的单纯使他们经常把很多事放在感性的放大镜下观看，只是表面上理性。处女座的孤独只有自己知道，那是没有可能治好的绝症。因为他们天生就是两颗心、两个脑，他们的感受和所思所想都是双倍的，但他们只有一个躯体、一个世界。

处女座的孤单的旅程，怎一个寂寞了得。他们很难爱上一个人，很难拿出真心，别怪他们，因为他们觉得这是保护自己的一个上佳办法。

从前，我们总以为爱情可以填满人生的遗憾。
后来我们才发现，
制造最多遗憾的，偏偏就是爱情。

你有别人不了解的心思，不是不想别人了解，只是别人了解不了；你有别人不知晓的情愫，就算告诉了别人，别人还是不懂。

难怪从古至今，人们都在寻找。高山流水有几对？阳春白雪、下里巴人各几人？

懂你的人不用去解释，不懂你的人没必要解释。世界那么大，细想你了解的人没有几个，了解你的人也没有几个。

谁能陪谁把今生的路走完？谁能陪谁将今世的故事演尽？一路走来，一边捡拾一边遗失，得到的失去了，失去的再也找不回来了。

时光流转，总有一个又一个的刹那，无论你以何种歌声唱起，无论你以何种语言诉说，无论你以何种姿态舞蹈，无论你以何种状态等待，都会感到孤独。

孤独如夜幕，将背景渲染成墨色，无论你怎么研磨用笔，却总也写不清楚属于你的心情，总也画不清晰属于你的心思，万般滋味，逃也无处逃，说也无处说。

四季在走，每个人都有每个人生活的悲欢离合，每个人都有每个人心情的惆怅欢乐，每个人都有每个人的狂欢，每个人都有每个人的孤独。

越长大越孤独，人再多，却依然无法让孤独的心融化；风再柔，也依旧无法让孤独的心温暖；话那么多，却解释不清孤独的苦涩，伤痛；水那么急，也冲刷不走孤独的萦绕。

上一刻忧伤，这一刻开心，下一刻又如何？

每个人都有一段温暖，每个人也都有一段悲伤，每个人都快乐，每个人也都孤独。

你守着一份自己的生活蓝图，走着一条自己的人生路，在别人的生活中进进出出，别人又在你的生活里走走停停，最终的最终，每个人都是另一个人的过客。

每个人都有密码，谁能全部猜中；每个人都有心情，谁能全部懂得；每个人都有代号，谁能全部记得；每个人都有心思，谁能全部了解？

爱情，有时候，是一件令人沉沦的事情。开始总是甜蜜的，后来就有了厌倦、习惯、背弃、寂寞、绝望和冷笑。你以为不可失去的人，原来并非不可失去。你伤心欲绝，然后发现不爱你的人，根本不值得你为之伤心。

今天回首，何尝不是一个喜剧？情尽时，自有另一番新境界，所有的悲哀也不过是历史。

嗯，一个人还只是孤单，两个人一起孤单才更让人感到寒冷吧。

爱情将两个人由陌生变成熟悉，又由熟悉变成陌生。爱情正是将一对陌生人变成情侣，又将一对情侣变成陌生人的游戏。

时间会让你了解爱情，时间能够证明爱情，也能够把爱情埋葬。没有一种悲伤是不能被时间减轻的。

爱情和情歌一样，最高境界是余音袅袅。

最凄美的不是报仇雪恨，而是遗憾。

最好的爱情，必然有遗憾。

你害怕孤单，你爱着爱情，你恐慌辜负。你明白爱是一种震撼，也是一种无力感。

爱是诱惑，也只有爱能给你力量抗拒诱惑。

爱是忠诚，可是爱也会背叛。

所谓缘分，也和发明一样吧？都是源于偶然。

爱情也是一种发明，只是，这种发明跟其他发明不一样，它没有专利权，随时会给人抢走。愈害怕失去的人，愈容易失去。愈想得到，就愈要放手。

冰心说过："爱在左，同情在右，走在生命的两旁，随时播种，随时开花，将这一径长途，点缀得香花弥漫，使穿枝拂叶的行人，踏着荆棘，不觉得痛苦，有泪可落，却不是悲凉。"

当你失眠的时候，你将会出现在别人的梦里

处女座从来不承认爱幻想是自己的标签，但偶尔卸下重重的壳，他们会想在梦里见一见爱人的模样，说一说情话。

处女座是有着自己完美精神世界的孩子，在他们的世界里，一点点沙尘和雾霾都没有，一切美好，一切动人，他们很清晰地知道梦只是梦。醒来后，继续背着那副叫作坚强的壳。

我喜欢的人很少，喜欢我的人或许也不多。
我们注定孤独地出生，孤独地死去。
但是在从孤独走向孤独的这段时间里，
却终究能因为遇见爱人，
因为能被人爱而一点点收获到温暖和明亮。

看不见日出，看不到日落。

心情被阴雨绵绵影响着。看不见太阳的你，似乎忘记了太阳照在身上温暖的滋味。

最固执的，是一个人的心。你可以说服所有人，却说服不了自己的心。

你说你要放弃，你说你要忘记，你说你过得很好，你总是笑靥如花，连别人都觉得你是真的很开心，那么你的心呢？是真的快乐吗？

没事，自己懂就好。

你是否在夜深人静的时候，安静地想着一个人，回忆着仅有的甜蜜。你想着想着就感觉委屈了，然后，你就情不自禁地哭了，你哭着哭着就累了，然后，你就带着浅浅的泪痕睡了。

其实，在你的心里，你是渴望有一个人在你身边的。比如晚上睡不着的时候你也可以讲讲电话，发发短信。比如你学了新歌你也有一个人可以当作免费听众。比如你心血来潮地做了一道菜，也有一个人帮你解决。比如在别人都是成双成对的时候，你也可以骄傲地出现。

你是想要这么一个人的，不是吗？

你不爱孤单，可是孤单久了也就习惯了。你一个人过马路，一个人过情人节，一个人吃情侣套餐，一个人看爱情电影，一个人听情歌，一个人哭，一个人笑，一个人闹，一个人在练习着一个人。

你宁可高傲到发霉，也不要委屈了自己。

你总在渴望，有会飞的人带你飞走，从这个城市逃离到另一个城市，去幻想那里有个人在等你，满眼温柔。

你最喜欢做的事是发呆，用发呆的时间打发你仅有的青春。然后，你就莫名奇妙地哭了起来，哭得那么伤心，哭得那么绝望，甚至渗透着一丝丝的心寒。

你还有很多很多的事情没有去做，比如你还没有好好地谈一场恋爱，比如你桌上堆着那如小山高的工作还没有做完，还有你在笔记本上记了几十部的电影名字还没来得及去看，还有你想去那梦想已久的城市都还没有迈出你那慵懒的脚步，还有你想养很多的宠物却一个没有养活的伤心事，还有你想认真地去做某件事却一个开始都没有。

于是，孤单找你相爱了。

你在空白干净的书本上涂涂画画，在你漂亮精致的小笔记本上写着梦想和心情感受，你和朋友出去玩的时候总是一副最沉默的样子，在帮助某个陌生人时你会微笑回赠，又可爱地回到原点，做你喜欢做的事情，静静地发呆。

于是，寂寞又找你哭诉了。

总是以为不容易被人看穿，也以为看穿不了别人，将自己顽固地锁在幻想的世界里面，躲在自己的圈圈里，一种永无止境的自我限制，就好像圆规的中心点一样，独自一个人，只能用双手拥抱着自己取暖。

孤单是你的心事，除了自己，没有人明白。

总是习惯在跌倒受伤了之后，才会一辈子去小心翼翼地行走每一步路。

让我们去真心地听听自己心里面那极为细小的声音，去感受自己胸口里的天气，过去或者天天都在下着雨，但这温柔的阳光，终究还是洒进来了。

你享受过孤单的滋味，但其实心里一直渴望着摆脱孤单。

你一直相信会有一双温柔的眼睛和温暖的手掌把你从孤单里拯救出来，给予了你面对人群的勇气，让你得以重生。

心 事 这 东 西，
你 捂 着 嘴 它 就 会
从 眼 睛 里 跑 出 来

处女座的人总是在犹豫中孤单一个人，渴望有人陪，却又担心太黏人会被忽略，一直在和自己较劲。因为太爱对方，不想让对方讨厌，所以，处女座想让对方觉得自己并不在乎，于是装作无所谓的样子。

处女座默默地承受许多许多，却后悔那些“在乎”没有告诉对方。

爱上一个人的感觉，
就好像突然有了软肋，
也突然有了盔甲。

窗外的风景在年月的更迭里又一次荣枯，那些念念不忘的人，都似夜风遁入的回声，在你年轻的生命里徘徊了几次，便只留下一生的寂静任你回溯。

你只能辗转听到他的消息，你们浅尝辄止的缘分，使他似蜻蜓点水般在你心间荡漾起轻浅的涟漪，最后一切终归寂静。

你诧异，在那样盲目而又悲伤的年岁里，路过你生命里的人那么多，你却只为他静默地守望了几载时光，却在一个星辰寥落的夜晚幡然醒悟，原来有些人即便你现在还喜欢着，却再也不会像当初那样毫无保留地不计后果地付出了。

现在的你，再也没有很多的青涩年月做赌注，你也曾执意倾尽此生去苦苦等待，而今想起便只剩心酸了，你赔上了一场情动。

明明是他偷走了你的心，但是每次目光相接的时候，先逃开的总是你，好像你才是那个小偷。擦身而过时，假装跟身边的人谈笑风生，心情却随着余光里的他走。

怕他知道，又怕他不知道，最怕他知道却装作不知道。认识他之前，一直觉得单身真好，认识他之后，每天都在祈祷有情人终成眷属。

自此，他的一举一动、一颦一笑、一言一语，都被赋予了新的意义，无时无刻不牵动着你的心、你的灵魂。

自此，他就是雨后的那一抹阳光，看到他时就不由自主地感到喜悦、感到温暖。就像寒冬腊月那一炉熊熊燃烧的火焰，总想更靠近一些再靠近一些，那是一种让人感动的温暖。

可是这个世界就是这样，上帝总是不给你想要的。

你的爱情，从来都是如此浓烈，一颗心只为一个人。后来想起的时候，都分不清自己是那样爱过一个人，还是只是怀念那段为爱而奋不顾身的时光。

有人说，一个人一定要经历一场刻骨铭心的爱情，为此思量，为此忐忑，为此不顾一切。体会此间暗涌的强大力量，这将是一辈子最美好的时光。

无论时光如何流逝，那段爱恋，永远在记忆里闪闪发光，任何时候想起来都美得令人恻然。

为什么你一直站在不远处却从来都没有勇气走上前呢？自卑吗？你就那样一直一直，站在他的身后，为了他的表情而欢喜担忧，卑微地躲在了尘埃里，心里也是欢喜，却开不出花、结不了果，你只能看着、看着，直到他牵了别人的手，许下了天长地久。

然后你痛了，失落了，哭了也笑了。

被辜负了吗？一直不被人注目地隐藏在身后，他没有付出何来辜负？你笑了哭哭了笑，然后终于渐渐长大了。

也许爱情真的很美好，但是当岁月和时间打磨掉了它绚丽的色彩和最初的棱角，心是否还能一如当初，或许只有自己才能给自己答案。

也许太年轻，那些在荒芜的年月里微小的悲伤，仿佛都是一场突如其来的大变故，却也放在不轻易述说的沉默里，静待幻化成虚妄的泡沫，消失在视野里，即使你冥冥之中并不想忘记，也会在瞬息的时光里，将彼此曾众望托付的感情消磨殆尽。

想起癸巳鸣蜩的五月，你曾决意要忘记他，后来才发现忘记或是想起又有什么不同呢。

时间总是不停的，当你从尖锐的疼痛里日渐清醒时却再也无从想起，这便是你和他之间最好的结局。

等待你的关心，等到我关上了心

你想让处女座爱上你吗？如果想的话，死心塌地一点儿就行了。全心全意地付出，也不要太计较回报，时间长了，你赢是铁定的事儿。因为处女座和射手座不一样，射手座是成天追着不爱自己的人跑，可处女座只爱深爱自己的人。

处女座活得很累，再难过的事都自己扛着。处女座真的很脆弱，一丁点儿事情都能感慨万千、痛心疾首。处女座的脆弱着实让人心疼，但处女座的脆弱又隐藏得很深，以至于无人懂得心疼。

我一生中最幸运的两件事：
一件是时间终于将我对你的爱消耗殆尽；
另一件是很久很久以前有一天，我遇见你。

一句我等你，不知道需要多大的勇气。它远比我爱你三个字，更需要勇气。

不是每个人你都愿意等待，也不是所有人都值得你去等待。一句我等你，包含了很多的无奈、心酸、苦涩。

或许是爱不到，或许是不能爱。

无论怎样，等待这个承诺，远比我爱你更动听。可是有多少的爱情经得起等待？

你想岁月冥冥之中还是有记忆的，隐隐地提醒你不能忘却的昨日。你们之间的故事，几乎寥寥几笔便已勾勒出大致轮廓，里面填满了无尽的空白，你依靠着这依稀的回忆度日，竟也无声地走过了那些荒唐的年月。

那些似句点蜷缩在床角的时刻，咧着嘴用力地压抑着胸腔沉重的情绪，最后还是泪流满面的日子里；那些有他的梦里，最后渐渐消散在香樟树下清浅的夏风里；那些你曾以为的未来，就这样面对着南辕北辙背道而驰的现实。

年轻时，你很容易爱上一个人。来日方长，一帧一帧地放在通透的心房里，占据了整整一个曾经。不得不承认，那些年，他的微笑惊艳了时光，可他的爱注定温柔不了岁月。

他永远也不会知道，那时阳光正好，将他深邃的影子拉得好长好长，你走在他身后，却连站在他面前的勇气都没有。

爱那么短，遗忘那么长。他的心早已变换了季节，而你还站在他许下诺言的那一天，你还在原地等，他却已经忘记曾来过这里。

经不住似水流年，逃不过此间少年。原来地久天长，只是误会一场。

时光是如此经不起回味，也如此禁不住流光的抛掷，红了谁的樱桃，绿了谁的芭蕉，事到如今你们都回不去了。

你总是一个人走在喧闹的集市上，一个人看着一抹光影发呆，一个人用相机捕捉那瞬间的美。而这一切的一切不过只是为了等待，等待一件事，等待一个美景，等待一个惊喜，等待一个希望，等待一个理由，等待一个结束，等待一个开始，等待一个人，等待时间将你的思念耗尽，等待自己关上了心。

两个人的回忆，一个人的伤，不是爱不起，只是伤不起。思念的滋味有时如苹果的甘甜，亦如柠檬的酸涩，只是没有人知道，到底值与不值。

害怕再去为一个人傻傻地流泪，苦涩的泪水滑过脸庞，偶尔也会回忆这一滴泪的主人，甚至已经忘记早已模糊的脸，或许是泪水沾染了太久，或许是走得太过匆忙，真的已经忘却，只是有那么一份永远无法愈合的伤疤，留在无人可触的地方。

感情最让人无奈的地方，就在于它不是理智，不能发于当发，止于当止。就像一场天时地利的迷信，欲罢不能地缠着你的心。

你无法预知自己会爱多久，如果相爱，能爱多久；如果不爱，到底谁先放手。

甚至不能知道，先厌倦的人，会不会是自己。于是，在结束之后，你感情的列车依然顺着惯性，滑行了一段时间。

真正的爱情都是双人舞，彼退我进，彼起我伏，而单恋没有对手，只能双手互搏。

莫将誓言付之于虚无的年岁，那些近在咫尺的等待有时抵不过似水流年里的意外。

愿深情不再枉负，执着总不辜负。

所有的不愿将就，
都熬成了漫漫长夜

处女座怀念一切值得记忆的东西，但很少有人知道他们的怀念。

处女座有时就像那棵等爱的菩提树，千年静默等佛祖路过，然后坐化，却只留下一生的寂寞。其实，处女座并非不热情，只是他们的深情在长久的等待中化作了片片颤抖的叶，过于细碎，让人难以察觉。

处女座爱得比谁都深，所以寂寞。他们鄙视一切肤浅的嚣嚷，也不屑与之为伍，他们对感情要求太高、太纯粹，所以害怕受伤害，所以容易封闭内心。

孤单不是与生俱来的，
而是从你爱上一个人的那一刻开始。

不知道应该怎么说，表情才不会难过。

时间不经意间就消失殆尽，就像缭绕在指尖的想念，宛如是盘丝洞中那淡淡的丝，一层又一层，紧紧地束缚住自己。

爱情，有时候就是一种无解的毒，当到了一定的时间毒素就会消失，在它消失之前，就算用神仙妙药也无法解。

当你很喜欢一个人时，他的一颦一笑都被深深地刻在你心里，他说过甚至他自己都忘记的话，你却记得。你热烈极了，不可思议地尾随其左右，愿意随其至天涯。

那样忘我的喜欢，也许是某一个动作，也许是某一种感觉，就是说不上喜欢他的原因。

事实上他并没那么优秀，可在你眼中的他是会发光的，你的世界似乎只看得见他。

后来命运安排他离开了，当时的你无法谅解，当所有人都为他离开你感到庆幸时，你却像天要崩塌了。

有些人，你明明知道不可以，但你还是爱了；有些爱，你明明知道淡了，但你还是依然坚持；有些坚持，你明明知道注定失败，但你还是不能释怀。

离开的剧情没有场景可直播，你低声下气地挽留他，空荡荡没有回音，要强的你恨极了那个人，还不忘给他一句“此生从此天涯陌路，再见不相认”，那时你是真的恨他的。

也许是不甘心，不甘心一直在的人说离开就离开，不甘心他去追求别的快乐，不甘心你爱着的时候他不爱，不甘心他的潇洒。可是那么多的不甘心，潜台词还是告诉了别人，你对他还有爱的成分。

埋怨过，后悔过，纠结过，恨过，干尽了后来想起自己都会嘲笑自己傻事。

时过境迁之后，当身边的人无意提起那个充满毒咒的名字时，你的不安、你的骄傲通通被那个名字粉碎。

你欺骗了别人，却无法瞒过自己的心。你还是没有忘记，那个人，你曾为他卑微过你的内心。

是的，你还想着他。

不能念出的那个名字，是你心中的一个暂时的梦，总以为有一天，自己能够自如亲切地趴在对方怀里，呢喃那个名字千遍万遍。

可太多时候，缘分的阴差阳错却让那个名字成为岁月长路上一个硬硬的核，包在错过的遗憾里，凝成一枚琥珀。

情感原本就是一场赌局，直到最后才会知道，即使赢得再多，也只不过是昙花一现，最终得到的也只是徒劳的叹息。

但是时光飞逝，早已经追悔莫及，当初明知不可以，何必等到身无分文的时候，才明白自己根本就不该陷入爱情的赌局。

有人说：思念是一种淡淡幽幽的伤，一抹挥之不去的情愫。你时常在想，那是怎样的一种伤害，痛入心扉，外表依然如故。

也许一切只是一个美丽的误会。

原来，所有的责任、感情、承诺、忍耐，都是孤单的源头。孤单不是与生俱来，而是从你爱上一个人的那一刻开始。

你和他，曾经有过许多快乐的时光，你以为从此不再孤单。只是，许多年后，你忽然发现，你不得不孤单一个人。

其实，无论你遇见谁，遇见就应该感恩，幸福过或是哭泣过，他都是你生命该出现的人，绝非偶然，他一定会教会你什么。

所以，请相信，无论你走到哪里，那都是你该去的地方，经历一些你该经历的事，遇见你该遇见的人。

第三辑

那些执迷不悟，是你对自己撒的谎

处女座的爱，远比人们看到的更要深刻久远。倘若处女座爱的人是你，那么请相信他们的每一次肯定的承诺；发现他们谈笑间流露的每一份真挚；感受他们每一次细心巧思的安排；享受他们倾注全部疼爱的每一次拥抱。你眼前的那个爱你的处女座，刚好就是那个无论如何都会把你捧在掌心的人。

理性缜密的处女座本质上是有点抗拒恋爱的。爱情和理性思维完全不同，被爱情袭击的处女座会感到自身的精密系统简直像遭了病毒，不能正常运转，快要瘫痪了。但是他们一旦爱了，就肯定是个为爱而苦的奴隶，年年岁岁劳作不止，因为爱要他们无怨无悔地付出。

我已见过银河，却只爱你这一颗星

一般说来处女座的人绝不花心，忠诚是他们的代名词。而且处女座有一个最大的特点：就是真的不愿意跟不懂自己的人，多解释一个标点符号。喜欢就是喜欢，不喜欢你把我怎么样都没有用。

异性关系良好很可能是处女座需要确定自己有好人缘和自己有魅力。一旦找到心中真爱，他们会呵护一辈子。只要你能给他安全感，他永不背叛，心中、眼中唯你一人。寻花问柳、红杏出墙这些事与他们绝缘，具体原因一是责任感所致，二是他们很怕招惹麻烦。

我们像电波发射台一样，
一次次地发射出爱的讯号，期待收到一点点回应，
证明我们不是宇宙中唯一的存在，
好给我们自己一个继续在宇宙飘浮下去的理由。

夜已深，可是电脑屏幕还一直亮着，因为你还在刷新着他的日志页面，考虑着他会不会也跟你一样长夜未眠，期待着能不能在第一时间窥见他的心情。习惯了说到什么总是习惯性地提起他，而且总是习惯性地想到他。

时光似乎在慢慢地侵蚀着你。一日一日，一年一年。

假如在那个午后的阳光下，他那耀眼的笑容没有闯进你的心里。你还是那个你，偶尔做做梦，日复一日地生活，然后淹没在这喧嚣的城市里。

如果不曾相遇，你不会了解，这个世界还有这样的一个他让人回味。如果说怡人的风景可以让人心旷神怡，那么温暖的他就可以令你心醉神迷。

假如人生不曾相遇，你不会相信，有一种人一认识就觉得温馨。

你不知道，那段时光的他是否如同罂粟般，让你不可自拔；你也不知道，那段时光的他是否如同骄阳般，灿烂得让人不能直视；你更不知道，那段时光的他是否如同流星般，美丽得让你不能忘怀，却又转瞬即逝。

你只知道，那段时光里，你最想遇到的人，唯有他。

看到与他相似的背影，总会先是一惊，然后紧紧盯着看，直到看清楚不是他之后才发现，你的手脚无力，而心跳的声音在耳边回荡着。这种情况真是让你又恨又爱。

你只知道，那段时光里，整个天空仿佛是永久的蔚蓝，而前途一片光明。

你会为了那么一句话“如果不为了你我的未来努力，我拿什么证明我爱你”，就那么认真地过着生活，或者，想着他。

有趣的是，当种子不经意掉进你心里生根发芽的时候，你只是慢慢注意到这个过程，开始每天关注那个人的一举一动，当然是装作不经意，担心太刻意，其实很在意，这样一天天承受着这甜蜜的负担。偶尔和那个人说上句话也会开心半天，脑海里都是他的事情，被忽视会觉得异常难过，有些时候，这样的难过也滋养着这份感情。

可是到底是喜欢的人，一边难过一边还是放不下，改变不了喜欢他的事实。

思念在见不到对方的日子里疯长，把人给折磨透了，直到偶遇了，见到面了，症状才有所舒缓。见一次面，即使只是瞥上一眼，也够好几天的念想了。

那百转千回的心思啊，也只有自己知道。

那些彼此走进对方生命里的人，并肩前行，渐行渐远，再然后便是痛苦和遗忘。

直到开始长大，学会在杯酒中藏起心事，却在记忆里高歌轮回，最后才发现一切都是命运，无可更改，才幡然醒悟：原来成长从来就不是一部唯美的伤感电影。

有人曾对我说：“一个人爱上小溪，是因为没有见过大海。”

如今，我终于可以说：“我已见过银河，却只爱你这一颗星。”

作为真爱

你可以在我眼里酷 3 秒，但我可是酷一辈子的人。

处女座眼里的自己

给我意见的人，我都当他们是自言自语。

为什么我总是被黑？当然是嫉妒，统统都是嫉妒！

纵观天下，感觉没有人能比我更可爱，

与其将就，不如单身。

你要是喜欢我，我就会觉得你太有眼光了，如果你品味高一点，我可能也就喜欢你了。

我做事三分钟热度，却爱了你那么久

在很多情况之下，处女座的人表现出的勇敢令许多人都望尘莫及。

假如他真心爱上你，即使全世界反对，都不会让他动摇。无论你们前途有多坎坷，他会陪你一起闯，而且绝不叫苦。他的坚韧会让你觉得自己好像拥有了百万雄师。

当一个处女座的人对你承诺“至死不渝”的时侯，他是认真的，而且他真的可以做到。

我说不出来为什么爱你，
但我知道，你就是我不爱别人的理由。
你问我爱你值不值得，
其实你知道，爱就是不问值得不值得。

蝴蝶翩然，它的飞舞只为生命中那一季的短促，成就生命的光耀；烟花灿然，它的坠落只为生命中的一次璀璨，成就永世的记忆；流星一刹，它的短暂只为倾尽所有的美丽，成就永世的等待。

总要慢慢成熟，将这个浮华的世界看得更清楚，看穿伪装的真实，看清隐匿的虚假，很多原本相信的事便不再相信。

但是，要相信，这个世界里美好总要多过阴暗，欢乐总要多过苦难，还有很多事值得你一如既往地相信，比如爱情。

从前有一个人突然闯入你的生活，教会你什么是爱了，然后他就离开了。

其实，你的一生之中至少有两件最幸运的事情：一件是时间终于将你对他的爱消耗殆尽；另一件事是，很久很久以前有一天，你遇见过他，那个让你心动又心痛的人。

你翻阅他的人生履历，追寻着他的足迹，感受着他的喜怒哀乐，并为着他的开心而开心，为着他的忧郁而忧郁。

你以为这就是爱了。

你读他的文字，欣赏着他的才气，喜欢听他的言谈欢笑，喜欢贴近他的感觉，甚至为他愿意与你说话，而欣喜异常。

你以为这就是爱了。

你对自己说你愿意做他的新娘，愿意与他携手百年，愿意为他置一处温暖的家，让他从此不再漂泊，愿意为他生儿育女，共享天伦。

你以为这就是爱了。

不可否认，你的确对他动情动心了。

爱着的时候，有时心里潮潮的、湿湿的，饱满得像涨了水的河。可有时又空落落的，像河床上摊晒出来的光光的石头。有时心里软软的、润润的，像趁着雨长起来的柳梢。有时又闷闷的、燥燥的，像燃了又燃不烈的柴火。

一边怀疑着自己，一边重视着自己，一边可怜着自己，一边也安慰着自己。自己看着自己的模样，也不知该把自己怎么办。

有一种感情叫作执念。

当时光不复再来，人才彻悟，执念只因执于心，傲于气，心有不甘，舍弃不下。枉当年年少多轻狂，谁能明了他日情？万千心结结于心，解铃还须系铃人。

如今，偶尔想起他，你只是笑笑，笑自己当初的幼稚与天真，你说，那不是爱，那只是自己给自己编织的情网，你喜欢垂钓爱情，钓的是自己的感觉和自己的血肉。

可是，你又如何把握眼前这一份感觉，就真的是爱了呢？

有人说，真正的遗忘是不需要努力的，需要努力的都无法做到真正的遗忘。所以之前你的记忆埋藏在一种气味或者声音里的时候，是从来都没有想到，有朝一日你竟会在那些东西的提醒下，再度回想起往事。你会不会说："好久不见，不如我们握手言和。"

总想为他写点儿什么，却总是搁笔，也许明天会有更好的措辞。总想和他说点儿什么，却总是迟疑，也许明天会有更多的时间。

你们总是在错过。错过昨日，错过今朝。而今朝仍在重复，重复着一种相同的别离。

或许最后，剩下的是一声低低的叹息，一丝哀惋的忏悔，一句无声的对不起。

夜深人静的时候，无法不去想念他，好像早已经成了习惯。

可是，最好的感情，并不是没有尽头的绝望的思念，而是找一个能够聊得来的伴。各种话题，永远说不完；重复的语言，也不觉得厌倦。陪伴，是两情相悦的一种习惯；懂得，是两心互通的一种眷恋。

你会觉得相聚的时光太短，原来，走得最快的不是时间，而是两个人在一起时的快乐。幸福，就是有一个能读懂你的

论“处女座的自我修养”：不管尔等凡人如何黑我，反正我永远是**最优秀的！**

与其他11星座的关系

最佳恋人组合：金牛、摩羯

最佳朋友组合：天蝎、巨蟹、处女

最佳同事组合：狮子、水瓶、白羊

最佳闺蜜组合：双鱼

伤人先伤己这项技能，处女座可以说是满分。明明想说『对不起，我错了』，出口变成了『呵呵，分就分』。心口不一虐人虐己的本事登峰造极。所以跟处女座吵架，千万别当真！

如何征服处女座

- 作为细节控，处女座可以洞察一切，你必须全心全意，从始至终不变地付出，不然处女座会觉得你“果然是个骗子”。当然，无论追没追到，处女座将会从头到尾审视你，并且嫌弃你。
- 缠你说话时要秒回，冷淡你时要脸皮厚，讨厌你时要当玩笑，严肃时要求饶。总之想要得到处女座的心，就要活成他期待的样子。
- 忽冷忽热、欲擒故纵要适当，不然后果很难收拾。偶尔还要陪处女座一起探讨人生哲学和文艺矫情。
- 各方面不要求最好，但是不能有短板，综合能力要强。如果能有某些特牛的长处，那一定是加分！加分！加分！
- 逛街一定要豪迈，电影一定挑品质，晚餐一定要优雅，温泉一定要清净，玫瑰一定要铺满，香槟一定要上乘，光线一定要适中……用心，非常用心！才能让处女座感受到你的诚意。
- 如果具备以上5点，说明你已具备追求处女座的资格。但是，你能吗？

人；温暖，就是有一个愿意陪伴你的人。

希望你别难过太久，希望你以后也能更爱自己，希望你不要回头看，希望你那里晴天很多，希望你每天都能睡得熟，希望你们即使偶尔想念彼此，也不要再问候，希望你走得越远就有越好的风景。

你要明白，有些人就是用来说再见的，从此一别两宽，各生欢喜。

第一眼就喜欢的人，要怎么做朋友

对待感情，处女座常常不擅表达。如果你能感觉处女座的人对你有三分的喜爱，事实上会有五分；如果你能感觉到五分，事实上会有七分。

处女座常常不会坦白，会淡化感情的表达，会压抑自己的情绪，所以他们常常不容易与对方建立亲密的关系，恋情会比较平淡。不过，如果对对方有深切的了解，确定对方就是自己的选择，那么他们会全心全意付出，释放被压抑的感情，积极主动地追求对方。

我有一双肩膀于这世界，却给不了你一个拥抱；
我有一束目光于这人间，却不能投向你的身旁；
我有多少情话到嘴边，却变成另外一番模样。

原来爱情的世界很大，大到可以装下上百种委屈；原来爱情的世界很小，小到三个人就挤到窒息。

对于世界而言，他是一个人；但是对于你，他是你的整个世界。

一直都是，只有你一个人，傻傻地站在原地。那么舍不得把眼睛睁开，仍是忍不住，偷偷张开了双眼。心花迷离，灵魂出壳。

你看他，他看远处，眼神宁静深蓝，看不出里面可有浪潮涌动流转。

这样的夜，遇见你这孤独少年，看见了漫漫稻田掠过，看见了向日葵温柔低头，过去每一分钟刹那之间涌向你。

你不能太靠近，否则看他的眼神会不清醒。你想你是爱他的，暂时还不能说明，怕失去他。

面上泪滴滑下，有如星星落在海上，溅起浪花到岸上。

即便是他的样子有些模糊，靠近你的心，却迫在眉睫。

你不是天使，你只是孩子，寻找可以安躺的海港，不管天地茫茫，不怕迷失方向。

你不是天使，你终将飞逝，沦落在五光十色里流浪。

就当作是某段意外假期，你爱上他。这个季节，天空飞满粉色花絮，甜蜜得似要滴蜜。

有些情感爱到荼蘼花事，像安妮宝贝的小说，接近彼岸花的绚烂，却少了完美的结局。或许，情感有时只是一个过程，就如一朵花开的过程，开过了，就是一种幸福。

如若可以做一朵春天的花，可否赋你梨花白，你会将那些纯净的花瓣，精心编织成美丽的麻花辫，风过，花香吻他的眼眸。

这是一封情书，写给他的情书。

但是他不会知道。你隐藏得很好，不会让他知道，原谅你还是这么胆小，胆小到不想让对方知道你的爱。

以前你是不敢说爱的，从来如此。其实你比谁都明白爱，不然也不会那么在意，不然也不会为他写那么多他不知道的日记。

遇见他是你人生中最大的意外。只是没有在对的时间而已。现在依然无法大胆地去爱他，你只能以自己的方式。

很多时候你都会想，如果当初你们在一起了，那么你会不会不是现在这个样子，你不会碰到另一个他，或许也不会一个人这么多年。

你肯定不知道，遇见他之后，你再也喜欢不上任何人了。第一眼就喜欢的人，要怎么做朋友呢？

你一个人很多年，每天都会想他，满满的想念，喜欢他到骨子里，却不想让他知道。你的人生有太多意外，你知道你还不能爱他，或者说不能光明正大地爱他。

你多想像其他的人一样，爱一个人，就淋漓尽致地爱，完整地爱，不顾一切地爱，奋不顾身地爱。你多想现在就打电话告诉他一切，多想呢？

只是你的爱情已经是你一个人的事情了，有关他，却没有他。可是就是爱上了，爱上了就再也无法爱别人。

只是你无法告诉他“我爱你”，就连这封情书也都无法让他知道。你只能用自己的方式来爱着他。

想念一个人的时候，一个人静静守望着一片风景，没有旅人，也没有归客；想念一个人的时候，学会了守候和期盼，见或不见都无所谓，只要那个人幸福平安就好。

想念，有时只是一刹那的意念，以心有灵犀的奢求想念着，想象某个时候，听到一声久违的问候：“你还好吗？”

我只有一个一辈子，无法给予不爱的人

所有的浪漫都会发生，所有的爱情故事都不是骗人的，只是自己可能不是其中的主角。处女座的人从来都不否定爱情的存在，但他却是一个喜欢当主角的人。

处女座是属于回报型的恋爱星座，只要你对处女座好，处女座可以为你放弃天使般的生活，处女座从不介意过平淡的生活，他让你的生活充满乐趣。可贵的是，无论是男是女，他们都不介意成为爱人的后盾、背后的贡献者。处女座容易出风头，但是他们也是最懂得退让的星座了。

好羡慕你，
因为你可以选择爱我或者不爱我，
而我，只能选择爱你或者更爱你。

一种思念，刻骨铭心；一种等待，望穿天涯。

生命中，总有一个人，缠绕在心头，挥之不去；总有一段情，旖旎在眉间，念了又念。

所有的欢喜，都是一个方向；所有的落寞，都是一个位置。

为了牵念，可以低到尘埃；为了期盼，可以忘却自己。渴望着温馨相伴，等待着真情相拥。思念无声，心在朝与暮；等待无语，情在晨与夕。

缘分不论早晚，倾心才能相知；牵念无论远近，倾情才能唯一。

相遇很美，美到心动；缘分很暖，暖到落泪。生命中，总有一次相遇，让山水相依偎；总有一次心动，让天涯化咫尺。

about，幸运

数字：7

颜色：黄色　米色

星期：星期三

日期：5号　14号
23号

珠宝：紫水晶

花卉：风信子　大波斯菊

旅居国及地区：
瑞士　希腊　巴黎

方位：西北偏西向
西南偏南向

一份情，在风的呢喃里柔柔诉说；一份念，在雨的柔情里轻轻曼舞。

爱在心间，相守便是温暖；情在心中，懂得便是最美。

选择爱或者被爱，那都不是一个人的事情。

真爱，是找到自己真正爱的人，还是真正爱自己的人？你心里知道，你只有一个一辈子，无法给予不爱的人。

你现在已经养成了一种习惯，就是每两三天要找他说几句不想对别人说的话。

当然，还有更多的话没有说出口来，但是只要你把它们带到了他面前，你走开的时候自己就满意了，这些念头就不会再折磨你了。

爱上他的日子，那样的幸福、沉醉、忘乎所以。你们走在绿荫葱葱的路上，手牵着手，日光灿烂融融，鸟尽情歌唱，花也争相绽放。风轻轻吹起他的发，你忍不住将脸靠近。你仿佛在他的眼眸里可以看见春天。

爱上他的日子，那样宁静、舒适、心所安然。你将心情放飞于无拘无束的花香中，满眼的浓情蜜意。

你越爱他，就越发珍惜。

你没有很想他，只是在高兴的时候会想起他，他是你第一个想要分享的人；你没有很想他，只是在不高兴的时候会想起他，他是你第一个想要倾诉的人。

你没有很想他，只是在听歌的时候会突然想起他，只因为那歌词里写的好像你和他；你没有很想他，只是在逛街的时候会突然想起他，只因为精品店里的那对泥人好像你和他；你没有很想他，只是在看书的时候会突然想起他，只因为那书中的男女主角好像你和他……

你的灵魂里有很多地方玩世不恭，对人傲慢无礼，但是它有一个核心，这个核心害怕黑暗，柔弱得像绵羊一样。只有平等的爱才能使它得到安慰。只有他，能治愈你。

你是爱他的，看见就爱上了，爱对你来说就像生命。

你真不知怎么才能和他亲近起来，他好像是一个可望而不可即的目标，你捉摸不透，追也追不上，就坐下哭了起来。

他要是喜欢别人你会哭，但你还是喜欢他。你把整个的灵魂都给了他，连同它的怪癖、耍小脾气、忽明忽暗、一千八百种坏毛病。它真讨厌，只有一点好，你爱他。

谁也管不住你爱他，真的。

你的心在呐喊着：最亲爱的要爱就爱个够吧，世界上没有比爱情更好的东西了。

但愿他是你一生也唱不完的歌。

沿途的风光有多美，都不敌在你身边徘徊

处女座不大主动去联系人。处女座是个慢热的星座，对于处女座的人来说，大部分的人可能只是划分在“认识”的层面上。所以如果你是处女座会主动联系的人，那你对他来说就已经很重要了。如果处女座不主动找你，那是因为他不知道在你心里，他是否重要。

真爱一个人，处女座会陷入情不自禁的旋涡中。虽然，你让他流泪，让他失望，但你站在那儿，处女座还是会不由自主地走过去牵你的手。

即使在千万人中行走，
我也能一眼认出你来。
因为别人都是踩着地走路，
而你是踩着我的心在走。

鱼对水说：你看不见我的眼泪，因为我在水中。

水对鱼说：我能感觉到你的眼泪，因为你在我心中。

你不是鱼，他也不是水。他能看见你寂寞的眼泪吗？

鱼对水说：我永远不会离开你，因为离开你，我无法生存。

水对鱼说：我知道，可是如果你的心不在呢？

你不是鱼，他也不是水。你不离开他是因为你爱他。

可是，他的心里还有你吗？

你突然想起一句话：以为蒙上眼睛，就可以看不见这个世界。

或者是你从来不曾去注意，所以你总是渴望拥有一颗如静谧的月光一样安宁的心。

很多事，不是你想就能做到的；很多东西，不是你要就能得到的；很多人，不是你留就能留住的。你行走在爱的荒漠，迷失了来时的路，沿途的风景，你只能边走边找。

你一直都在他身后等待，等他有一天回过头看你。你的笑送给他，希望他快乐，你的难过都给你。关于他的一切，你都好好收藏着。

但是你仍庆幸。

庆幸遇到他。无数个失眠的日子里，你会想到他。想到他说给你听的故事，想到他讲给你听的笑话，想到他唱给你听的歌曲。

庆幸遇到他。无数次无助的时候，听他在电话那头的安慰。他笑着听你的抱怨，他笑着告诉你生活的无奈，他笑着鼓励你继续坚持，他笑着帮你做分析，他笑着帮你指明方向。

庆幸遇到他。多少次话到嘴边不知道怎么说，你怕把握不好语气，你怕掌握不好语调，你怕控制不好情绪。

庆幸遇到他。温暖了所有的青春岁月，他温柔的眉眼，总让你忍不住放慢了节奏，想要和他处在同一频率。他翘起的嘴角，总让你小心翼翼停下凌乱的脚步，怕惊扰他世界里单纯的快乐。他轻缓的语调，总让你不由自主轻慢了小情绪，努力想要展示自己最好的优雅。

庆幸遇到他。肆无忌惮了年少轻狂。有他的纵容，你总能颐指气使；有他的包容，你才放纵了任性；有他的宽容，你可以趾高气扬。

庆幸遇到他。丰满了空落落的流年。他说过的童话里转瞬成空的彩虹，忽然就定格成了风景。他讲过的丢了水晶鞋的灰姑娘不再在午夜的钟声中遁逃。他提过的婺源的油菜花在春末摇曳了所有的流光。

庆幸遇到他。听到熟悉的歌，总会轻轻跟着和，回忆里你会跟着唱，同样的曲调，却唱不出忧伤。看到曾经的风景，会慢慢停住脚步，记忆中你流连忘返，说着美好的憧憬。路过来过的餐厅，忍不住找寻角落的落地窗，看着光晕在你头顶快乐地舞蹈。

多庆幸，遇到他。多庆幸，你没错过他。

处女宝宝

大字报

重度洁癖患者，不管是生活还是感情上。刚给他弄点污迹！反手就是一巴掌！

千万不要跟处女座吵架！人家口齿利索的就跟说单口相声似的，有理有据你无力反驳。就算你命大斗胆争辩几句，人压根就不吃你这套，几句话把你绕晕了，然后闪人。

把每样东西都一一放好，不允许有丝毫分差，间距精确到毫米。刚刚好才是真的好！

“完美”二字走天涯，力求完美，力求无暇，一点点瑕疵都不能出现在处女座的眼里。

处女座要是嘴上说出了五十分的喜欢，
那心里一定是一百分的爱意。
傲娇天性是自带的，
总觉得表现出不在乎才会赢。

一辈子都在犹豫，左思右想，瞻前顾后，
就算最后啥也做不成，但就是爱想。
你不服？不服憋着。

对于不喜欢的人点击“我喜欢你”的按钮，
立马就能收到处女座“离本仙女远点儿”的回复！
一点儿都不带夸张的。

对 的 人 终 会 来 到 ，
因 为 犯 的 错 够 多

处女座的洁癖，已经蔓延到精神层面。和你谈恋爱的时候对你嘘寒问暖，好到无所不用其极。一旦你离开他的世界，呵呵，不好意思，和你的对话也只能停留在“嗯，啊，哦”了。

爱的时候，处女座期待对方所爱的不只是他的外表、他的成就，这一切只是他的一部分，并且会随着时日消逝。他们期待对方爱的是他那一片地域，那里有他的脆弱和自卑，有他最无助和最羞耻的时刻，有他的恐惧，有他的阴暗面，有他的习惯，也有他的梦想。

于千万人之中遇见你所要遇见的人，
于千万年之中，时间无涯的荒野里，
没有早一步，也没有晚一步，
刚巧赶上了，唯有轻轻地问一声：
“噢，你也在这里吗？”

摘不到的星星，总是最闪亮的；溜掉的小鱼，总是最美丽的；错过的电影，总是最好看的；失去的情人，总是最懂自己的。

你始终不明白，这究竟是什么道理。

后来才知道，人往往经历过不幸福，才知道什么是幸福；就像遇见过错的人，才会知道谁是对的人。

你最爱的，往往没有选择你；最爱你的，往往不是你最爱的；而最长久的，偏偏不是你最爱也不是最爱你的，只是在最适合的时间出现的那个人。

爱，绝不是缺了就找，更不是累了就换。找一个能一起吃苦的，而不是一起享受的；找一个能一起承担的，而不是一起逃避的；找一个能对你负责的，而不是对爱情负责的。

爱不是一个人的事，而是两个人的努力，两个人的奋斗，两个人的共同创造。

你付出的时候，别人也在对你付出。会受到伤害的，也不仅仅是你一个人。

我们一直在找啊找啊，想找到那个心中爱的人。于是我们也在一直一直地错过，错过那个男二号，那个本来也可以和我们相守在一起的人。因为太过自我了，所以，我们便再也看不到别人的感受。因为自己在追逐，所以我们看不到别人在身后追着我们。要经历多少次的伤害后，才会觉醒，才会想到，爱是两个人的事情，不是一个人的感觉。

你也曾这样吗？想不明白为什么你已经做到那么好了，对方还是放开了你的手？

你也曾这样吗？一分手便开始变得不可理喻，把对方从头到尾数落了一遍，把自己变成让别人讨厌的人？

在爱情的路上，我们也都需要成长。

每一段爱情都是爱情路上最好的练习。没有一个人从一开始就知道怎样去爱、怎样去付出，只有不断地尝试、不断地跌倒、不断地受伤，我们才能不断地成长、不断地变得美好。

所以，在爱情里永远不要妄自菲薄。

和一个人在一起，如果他给你的能量，是让你每天都能高兴地起床，每夜都能安心地入睡，做每一件事都充满动力，对未来满怀期待，那你就没有爱错人。

最合适的感情，永远都不是以爱的名义互相折磨，而是彼此陪伴，成为对方的阳光。陪伴是最长情的告白，如果这辈子只做一件浪漫的事，那就是陪你慢慢变老。

或许你现在还是一个人，自己也不知道自己在等待什么。或许每个人都在等那个能聊得来、能互相陪伴的人。

那就在等待的途中把自己变好，这样你等的人才能从人群中一眼看到你，才能在相遇后不再错过。

你总觉得自己不重要，不是因为没能征服世界，而是因为你不能帮助到他，不能解他烦忧，不能护他安康。

在世界中拥有的职位再多，也不如在他心中拥有的席位多来得快乐。

若非平行，总会相遇。

如果没有其他人、其他事，没有彼此的心结，那么轨迹就不会失衡，如此这般，终会在一处相交。

你深信，会有那么一个人用尽全力爱上你的全部。你的哭，你的笑，你的任性，你的温柔，你的依赖，你的自私，你的天真，你的粗心，你的疯狂，你的安静，还有你同样用尽全力爱上他的全部的那颗心，以及甘愿陪他颠沛流离的勇气。

如果不能住在你心里，那都算客死他乡

处女座虽然在感情中一向以霸道著称，可是在他们对于爱的专制、猜疑、调查、嫉妒的背后，正是他们对于感情专一执着的表现。

他们爱一个人，往往会倾尽自己的所有。他们的爱不是肤浅清淡的肌肤之亲，是恨不得爱在对方的灵魂里。

处女座也会把一段最深的情感埋藏在心底，表面却完全若无其事。为一段单相思他们可以记一辈子，毫无回报也要把精神单恋进行到底，最终发展到“爱你但与你无关”的境界。

我希望有个如你一般的人，
贯彻未来，数遍生命的公路牌。

你们终将离散，而你们也终将相遇。不论他相不相信，你都以此信仰。

爱可以简简单单，但不能随随便便。那个妙不可言的一刻，才是值得等待的。能够慢慢培养的不是爱情，而是习惯；能够随着时间得到的，不是感情而是感动。所以，爱是一瞬间的礼物，有就有，没有就没有。

不喜欢就不要选择，喜欢了就要坚持。在一起是一种缘分，不要轻易让喜欢你的人哭泣伤心，好好珍惜在一起的每一分钟，美好的回忆应该留给快乐和欢笑。

无论遇到什么事情，都不要轻易说不喜欢，不要轻易放弃这段感情，因为，下一站的人未必更好。

那么多的人在你的生命里来来往往，你早已厌倦了这种送走朝阳迎来晚霞般的感情。

不管遇到多大的风雨，想要努力为自己争取一次，不要再在别人的生命里流浪，也许平平淡淡才是生活；想要有人目光只为你流转，不要再自己一个人哭泣；想要开心地过好每一天，不要再在寂寞里开花然后凋零。你想要在他的生活里固执地任性，想要在他的面前像小孩子一样天真地大笑。

你也曾在陌生的地方徘徊了太久，在不属于你的世界里流连了太久。多庆幸，你终于遇到那个人。

你在他的世界里活得没有自己，为他的快乐而欢喜，为他的伤心而落泪。你也会疲倦，可是，却始终在原地逗留。你不知道自己哪里来的勇气，就这样不知不觉固执几个年头。

你终于遇到他，就不要再错过他。努力留住他，才算没有辜负遇到他的好运气。

你终于遇到他，就不要再错失时机，幸福

就在不远处，千万不要辜负自己。

他从未曾离开，而你也一直在乎着。在乎着他的消息，在乎着他的心情，在乎着他的生活。关于他的一切又怎会不上心。

偶尔你也会假装着不在意，即使时间匆匆流逝，你们也未曾忘记彼此，而觉得这样的距离和时间的交集，才是对你们最好的礼物。

有的时候，你会觉得，只要你拥有着最爱的人，再多作业也不怕，天天打工也不怕，这些，他能懂得的吧？

你也知道，既然爱上一个人，就要懂得认输。因为不管未来如何，你都会心甘情愿接受。许许多多的事，都是付出后，然后等待判决的。

这年月，情人之间的爱，早已不是生死相依、不离不弃。如果一个人可以无私地对你，就已经足够难得了。

第四辑

温柔要有，但不是妥协

处女座有自己内心的单纯无邪的世界，他们以为世界就是他们想象的那样美好。

处女座也是软弱的，常常被周围环境影响了自己，卑微了自己，改变了初衷。心里早已千疮百孔，委屈总是自己独揽。

每条路都是孤独的，处女座慢慢地会相信没有什么事不可原谅，没有什么人会永驻身旁。也许现在的你很累，但未来的路还很长，不要忘了当初为何而出发，是什么让你坚持到现在，勿忘初心。丢失的自己只能一点一点捡回来，也许每一个人，要走过很多的路，经历过生命中无数突如其来的繁华和苍凉后，才会变得成熟。

不过别担心，世界不会丢掉单纯的人，处女座会找回自己的初心，命运会给他们应得的礼物。

你所失去的，
终将以
你希望的样子回来

处女座对待爱情、朋友、工作，都是会把整颗心扑上去。不过处女座应明白，命运有时候也会开些小玩笑，不顺心和不如意是常有的事儿。无论是遭受过爱情和友情的背叛、怀疑，还是在生活和工作上孤立无援、力不从心，都是人生所馈赠的礼物。

处女座也会躲在角落里无奈、失落，不过流过眼泪却学会了清醒，受过伤就明白有时等待是最大的信任，相信命运会眷顾自己，相信美好的人和事终会为自己而到来。

是的，处女座就是这样傻傻的、从不怀疑美好的一群人。

唯有你愿意去相信，才能得到你想要的。
对的人终究会遇上，
美好的事终究会到来，只要让自己足够美好。

假如你想要一件东西，就放它走。它若能回来找你，就永远属于你；它若不回来，那根本就不是你的。

不必小心翼翼地生活，不必在意很多事情，也不必纠结得失，因为时间会解决一切。

可能是一次晋升的机会，可能是一个爱了很久的人，当这些在你还没有回过神的时候悄悄飘走了，你会用哭泣让结局变得更加忧伤吗？或者这些都教会了你开心，教会了你伤心，教会你微笑，也教会你珍惜，但是放下和等待，只能你自己来学习。

心痛的时刻，咬咬牙，一切都会过去。心酸的时候，忍一忍，快乐正在赶来。寂寞的时候，静一静，幸福从不会遗落任何人，人生就是一次次的经历，经历所没经历过的，失去看似得到过的。

人生总要失去很多东西，不管你多么不情愿，缘分都会带走许多人，带走许多事。在你觉得自己伤心到快不能呼吸的时候，想一想曾一路走来的自己，想一想还未到来的未来。

很多事都如昙花一现，虽然美丽，虽然让人心动，虽然意乱情迷，却也是终将要离去。也许这些都是上帝对你的考验，不如把眼泪留给值得哭泣的人，把最好的自己留给未来。也许未来的路上还会有不断的失去、不平、悲伤，当然也少不了让你笑靥如花的人和事。

有些人走了就是走了，再等也不会回来；有些人不爱了就是不爱了，再勉强也只是徒然；有些人很幸福，一眨眼，就一起过了一整个永远；有些人很幸运，手一牵，就一起走过了百年；有些人明明很努力了，却还是什么都改变不了。

别等不该等的人，别伤不该伤的心。有些人，注定是生命中的过客；有些事，不过是过眼云烟。

相信，会有那么一天，会有那么一个人，在你最伤心的时候，为你撑起一片天。

真正懂你的人，懂你的假装强势，懂你的欲言又止。当所

有人被你的笑容蒙蔽时，那个人会看到你眼里的痛；当你打造出强大的外表坚持不懈时，某颗心会为你的坚强担忧，

人都有软肋，不会轻易袒露；心都有苦衷，不是谁都能懂。你忧心忡忡，谁总安慰心疼，你丢盔卸甲，谁却不离左右？懂你的人，是你心安的理由，是你慰藉的港口，更是你不再孤单的源头。

时光如沙漏，该来的终将到来，该走的或早或晚都会走。

有些事无论你多尽力，一样杯水车薪；有些人不管你多珍惜，注定遥不可及。很多时候，放下比拿起更沉重，失去比拥有更踏实。

但愿失去是另一种意义上的幸福和得到。如果在失去后才懂得珍惜，也算是一场公平。

有些东西，注定与你无缘，你再强求，最终都会离你而去；有些人，只能是你生命中的

过客，你再留恋，到头来所有的期望终究成空。不属于你的，那就放弃吧，大千世界，莽莽苍苍，我们能够拥有的毕竟有限，不要让无尽的欲求埋葬了原本的快乐与幸福。

如果你想什么都抓住，最终只能什么都抓不住。

失去的东西，其实从来未曾真正地属于你，也不必惋惜。而有些东西注定是你的，即便是伤了你万千，远走得毫无踪迹，也终有回到你身边的时候。

没有人能
一路单纯到底，
别忘了最初的自己

处女座性格上最大的弱点，莫过于容易受到别人的影响。好的影响让他们变得更加美好，坏的影响使他们爱比较、彷徨、犹豫、纠结。单纯的处女座一路成长起来，少不了对周围的质疑以及对自己的否定，是很容易迷失自己的一类人。

越是表面强大沉稳的处女座，背后越有着别人看不到的眼泪和无法说出口的心酸。

世界上有很多东西是无法挽回的，
比如岁月，比如旧梦，比如对一个人的感觉。
但世界上有很多东西是可以挽回的，
比如良知，比如体重，比如最初的自己。

蜜蜂会造蜂巢，蚂蚁会造蚁穴，人会造房屋、机器，创作美丽的艺术品和动听的歌。但是，对于我们最重要最宝贵的东西——自己的初心，谁是它的建造者？

孔雀绚丽的羽毛，是大自然物竞天择造出；白杨笔直刺向碧宇，是密集的群体和高远的阳光造出；清香的花草和缤纷的落英，是植物吸引异性繁衍后代的本能造出；卓尔不群、坚忍顽强的性格，是禀赋的优异和生活的历练造出。

我们的初心，是并且只能是我们自己的美好愿望塑造而成。

独坐窗前静听雨打窗嘀嗒作响，琐碎的思绪随风肆意流转，记忆里荒芜已久的旧日时光缱绻成结，在一片回忆的狼藉里无情地被推上了时光之路，心里却积存了太多的创伤且身负不堪沉重的过往踉跄前行，难免会彷徨犹豫，心焦气躁，急于求成。

我们都不怕打倒昨日的自己，因为成长中必然有些想法会变，这并不可怕，可怕的是到头来发现一直追求的是偏执的错，白白固执了一场。

街上各色各样的行人，此时此刻都急匆匆地在雨中行走，脸上都挂着一成不变的倦容，一把把各色的雨伞也无一例外地蒙上了灰色。

不得不说光阴这种东西很神奇，它能改变很多东西，同时也包括那个不成熟的自己。它就像一个筛子，滤去了我们的缺点和种种负面的东西，但并没有感到欣喜，因为你发现，你越来越像雨中的行人了。

你开始怕了，以为这是成长带给你的。你不想变成他们，首先就要学会做自己，学会在过滤时把握住不该抛弃的东西，这不正是成长吗？

所以说成长是苦涩的，它逼迫着我们成熟，同时又逼迫着我们保留好自己的初心。

别人拥有的，你不必羡慕，只要努力，你也会拥有；自己拥有的，你不必炫耀，因为别人也在奋斗，也会拥有。

在这光怪陆离的尘世里，我们都需要有一种属于自己的生活方式，用来度过漫长的一生。或是一个微笑、一方热闹，或是一寸净土、一份心安。

不管你多么真诚，遇到怀疑你的人，你就是谎言；不管你多么单纯，遇到复杂的人，你就是有心计；不管你多么天真，遇到现实的人，你就是笑话。不要太在乎别人对你的评价和影响，你需要的只是做最好的自己。

一个人应该学会发现自己内心深处闪烁的微弱的光亮，而不仅仅是在意别人辉耀天空的光彩。更不可忽视自己的思想，因为它是最原本的自己。

没有谁能避免成长，同时也避免不了成长所带来的那种独特的苦涩，在心灵上刻下或深或浅的伤痕。于是你丢掉了一直以来的率真。但成长也是仁慈的，它会在你还没有走得太远时拽住你，那时你会发现，成长的过程让你难免迷茫，但这个过程也会带你找回最初的自己，这也算是成长的礼物吧。

有人拼命奔跑与寻找，也有人努力想证明；有人真心纠正着曾犯过的错，也有人没心没肺，从不纠结对错……

就这样，我们都把自己交给时间，因为它承诺，永远不倒流，也保证不将任何人退回。

路途曲折漫长，步步落子无悔，但每一个昨天都是被淘汰的，没有人能一路单纯到底，但愿我们都别忘了最初的自己。

不要拿着别人的地图，寻找自己的路

不要以为处女座只会谈情说爱，他们对梦想有着旁人无法企及的狂热。梦想对处女座来说和爱情一样，是他们生命中不可缺少的养分。他们头脑清晰，思维敏捷，知道自己想要的是什么，而且不得不提的是，处女座吃苦耐劳的特点也是值得人佩服的。

如果处女座在你的团队，他们能够将梦想转化成切实的行动，把创意转换成确实有用的成果，同时不需要镁光灯，甘于当幕后工作者。当然，这路上的分岔口免不了让他们迷茫，不过没关系，他们会沿着来时的路找回一切本该属于自己的东西。

你曾如此期盼外界的认可，
到后来才知道，
世界是自己的，与他人无关。

偶尔，你也会有一点点感伤，是不是忘了自己最初的模样；甚至会有片刻的迷茫，是不是过去的就不该往回想，那时的天空很晴朗，有你最清澈的笑和期待。

后来，乌云赶走了太阳，骤雨打跑了鱼儿，狂风带走了麻雀，蝈蝈淹死在庄稼地里。而你，也曾差一点儿丢掉梦想和坚持，在电闪雷鸣中，哭着成长。

每个人都拥有自己的梦想，不管伟大还是卑微，它描绘出我们对人生最好模样的定位，表达了真挚的愿望。大多数情况下，它是隐藏的，间接的，会伪装，会游离，也会慢慢地变化。这份不够明确、有一点羞涩的梦想，是需要被保护的。

地上的每一点光亮，都是梦想照下来的，都要仰着脖子去接。脖子晒热了，就觉得是温暖；晒黑了，就觉得是健康；烫得起皮，觉得梦想更近了；起泡了，感觉自己已经在梦想里了。从前，我们总是为了梦想，痛并快乐着。

可时间让我们倦怠，现实教会我们遗忘，我们用执念与岁月对抗，有时候很想轻轻地对自己说声对不起，在时间的荒野里，不知道是错过了最初的繁星，还是错过了最初的你。或许，中间隔着一个光年，或是隔着一个世纪。

能够拯救你的，只能是你自己，不必纠结于外界的评判，不必掉进他人的眼神，不必为了讨好这个世界而扭曲了自己。

不要拿着别人的地图，寻找自己的路。在自然界这个复杂的环境中，我们每个人都在挣扎中撰写自己的人生。每个人，都是独特的风景。你站在桥上看风景，看风景人在楼上看你。

不必艳羡他人，你该学会相信自己，再学会欣赏自己，试着把自己最亮丽的一面找出来，并呈现在阳光下。生命是自己的，除了必要的担当，更该为自己活着。

过自己喜欢的日子，就是最美好的日子；做自己喜欢的事，喜欢自己的活法，就是给幸福最好的答案。

其实，每一个优秀的人，都有一段沉默的时光。那一段时光，是付出了很多努力，忍受孤独和寂寞，不抱怨不诉苦，日后说起时，连自己都能被感动的日子。

心中所向，便是那梦想到达的天堂，梦中所念，便是在期许未实现的心愿。年华就在自己手里，这段流光从岁月借来冠以自己的名字，无非是期待最后成为一个真正的自己、一个最好的自己。

到头来你会明白，原来最好的自己，不是最终变成了自己想要成为的那个人，而是最初的自己。你会感叹，我们都被命运捉弄了，兜兜转转，原来起点便是终点，中间看似徒劳的那一段叫作成长。

请相信，那些偷偷溜走的时光，催老了我们的容颜，却丰盈了我们的人生。请相信，青春的可贵并不是因为那些年轻的时光，而是那颗盈满了勇敢和热情的心，不怕受伤，不怕付出，不怕去爱，不怕去梦想。

时光逝去不可怕，成长如约而至也不可怕，可怕的是失去了勇敢的心和惦记着梦想的执着。有时候你需要一个人去体验成长的苦与乐，有些故事只有自己真正经历了才可能出现你期待的结局。

做你自己就好，因为别人已经有人做了。

不为难别人，
也不让自己难堪

处女座的人通常脾气很好，因为他们有着极强的压抑心理。可以将任何情绪掩盖在外表之下，并且你要相信，他有这个本事一忍到底。通常他们不发作是为了不让别人难堪，处女座很爱自己的面子，自尊心极强，正因如此，他们也很懂得保护别人的自尊和面子。但不要以为处女座好欺负，这是天使与恶魔并存的典型星座。

窗外放晴了，屋内仍继续下雨。
我微笑，并不等于我快乐。
我撑伞，并非只是为了避雨。
你永远都不懂我在想什么。
我想拥抱每个人，但我得先拥抱自己。

越是有人责备你，你就越坚强；越是面对刻薄，你就越懂得宽容。

阅历不多的时候，常常像个刺猬，不停地扎疼别人，用最差的武装给自己画条安全线。

后来才发现，活着是件很幸福的事情，虽然有烦恼，有很多的纠结和不满，但还是要对自己好一点儿，对身边的人好一点儿，因为这是在任何情况下你都可以做到的。

爱情这件事，勉强不了。住不进你心里的人，就放他走；你走不进的世界，提前先掉头。

你曾这样想过：当我老了，身体衰败，我会带着所有的积蓄，与心爱的人住进瑞士湖边一座美丽的温泉疗养院，每天做些舒服的治疗和按摩、泡澡、洗温泉、吃些美味的料理。夏末的早晨在林中散步，飘雪的漫长夜晚坐到温暖的炉火边，静静地望着窗外的雪花。在人生最后的一抹黄昏，看尽湖光山色、迟暮与晚霞。

所有曾经痛彻心扉的离别，也痛不过人生最后的一场离别。到了这一天，从前的那些离别又算什么？有些离开，是为了使我们更好地走到生命的终点。

人的一生，要经历多少次离别，才能习惯身边的人来来去去，才能明白没有永远的相聚，也才能看淡世界。

所有带着爱或者恨的离别，也是一次次痛苦的割裂。若做不到微笑道别、鞠躬离场，那么，是不是可以坦然转身，憋住眼泪、鞠躬离场？谁叫你当初爱上了呢？

总有一天，你会对着过去的伤痛微笑。你会感谢离开你的那个人，因为他配不上你的爱、你的好、你的痴心。他终究不是你命中注定的那个人。

这辈子，能够相守固然是好，无法相守，只是因为不适合。有些你爱过的人的确只是生命的过客，他在你生命里出现，是为使你学会珍惜和付出，使你终于知道这一生你想要的是什么。当时的坠落，换来的是日后的提升。

所有到不了头的恋爱终究是一种历练。

那一刻，你的心碎了，溃不成军，却只能爬起来，擦干眼泪往前走。有这么一个人，或者几个人，爱得死去活来，只因为是他首先离开，是他首先告诉你，他不爱你了，你却没有机会回头对他说这句话。既然这样，就当自己吃亏好了。

我们接受生命里的许多东西甚至所有，终归会消逝，离开不也是一种消逝吗？损毁的会重建，新的会取代旧的，笑声会取代眼泪。

直到有一天，这一切骤然终结，没有笑声，也再没有眼泪。

恨一个人，你永远得不到幸福，而爱和原谅，可以让你的内心获得真正的宁静。

当你比现在老些，或是已经很老了，想起那个曾经离开你的人，想起那张在记忆里早已模糊了的脸，你会感谢他的离去，是他的离去给你腾出了幸福的空间。

许多事，经历过才会懂；许多梦，苍凉后才会明白。

烟雨红尘中，一切在起起伏伏中行进，也在深深浅浅中饱满。笑对季节的转换，流年的飞逝，把寂静婉约成一道优雅纯美的小诗，把欢喜写意成一篇滴墨成香的篇章，在清浅如水的日子里，和着岁月轻姿曼舞的婆娑，携着浅夏一袭轻盈的淡泊，用素笔描绘着云淡风轻的日子，在渐次展开的生命画卷中，收获宽容与平凡。

把宽容留给折磨你最深的人，把属于自己的胜利默默藏在心里。这样既不会为难别人，也不会让自己难堪，就是皆大欢喜。

不忘初心，
才能方得始终

处女座从不做作，习惯了以自己的本色面对世人。处女座不会假装，也很少会撒娇，但如果你和他相处的时间长了，你会发现，他们偶尔犀利、偶尔可爱、偶尔毒舌、偶尔软弱，呈现在你面前的永远都是一个最真实的人。

命运要你成长的时候，
总会安排一些让你不顺心的人或事刺激你。
就算是见过了这个世界上的种种不好，
也还是希望你可以永远保持一颗纯真善良的心，
去相信爱、寻找爱。

人的记忆可以铭记多少，又会遗忘多少？大脑的思维是否可以进行自动筛选，过滤掉糟粕不堪，留下的只是美好温馨？生活走过，成长的是容颜，淡定的是心性。

有人选择去远方，不知是恋上漂泊的落寞，还是本就凉薄，宁愿将自己放置在遥远，那与天相连、与地相接的地方。

是救赎，还是遗忘？奢求不得的安稳，温暖不了的冰心，却也在不断的行走中，将性情打磨，做个素净自持的人，笑看风云。

当我们来到这个世界的时候，我们是纯净的、纯粹的、纯洁的，敢于面对自己，敢于在自己不匹配的外力面前展示自己。

当我们接触世界，对世界有了认知和了解，我们有了追求、目标和恐惧，在我们人生中多了一份选择和妥协，一生都在做选择。做出每个抉择之后我们都要面对一种结果，一些结果可能会让我们困惑、不知所措，但这些我们都要承担。

每个人都有自己的一个见解，对与错的衡量。我们时常都会听到或看到别人的一些言语，可是往往在我们面对的时候，却不如人愿，会给我们带来误导。

生活，总是千姿百态，种种羁绊，种种牵挂，人生中的抉择与诱惑，也许初心总是秉着最初的良善、最纯的简单，但在历经那么多的生活风雨、打击磨难后，很少有人能保持。

明明脆弱，明明孤独，明明疼痛，却又要将一切掩饰，让人看到的永远是云淡风轻的笑，那么不经意地、缓缓地撞上心扉，在心口划上一道深深的痕迹。

明明是那样淡淡的诉说，却总是落下泪来。仿佛不会说话，又仿佛看见了，你在我们看不到的角落，落了多少泪，又将多少疼痛化为嘴角那淡漠的笑。

只是，你却依然愿意就这样简单期待美好，那样纯，那样真，依旧保留在你内心深处。偶尔望天地万物，一草一木，总还有值得人去惬意放松的事物，在日渐深幽落寞的日子里，总还有份感动值得你去眷恋。

不忘初心，流年已深；初心莫忘，方得始终。

留点儿时间给自己，不要让自己的心灵缺氧，释放心灵深处的纯真；留点儿时间给自己，为了心灵的守望，你也可以聆听一首高山流水的名曲，让思想与音符一起跳动。

慢一点儿，再慢一点儿，心内慢慢地盛开，慢慢地绽放，人间太匆忙了，太多假情假意。如果你得到很多虚假的赞美和爱，即使你拥有了整个世界，又能怎样？苦的是自己，委屈的是内心。

人的一生是为灵魂而活，如果灵魂不在，那么剩下的就是躯体，尽管你外在光艳，身姿婀娜，也不过就是一个躯壳，迷茫迷失，听不见内心真实的声音，忘记了自己想要什么。

不忘初心，方得终始。相信发自内心的感觉，真正的善良就是尊重自己的那份原始的感受。要知道心若改变，人生也跟着改变。更多的时候我们能做的就是时刻提醒自己勿忘初心，想想当时是怎样想要坚持的心境，在没有走到最后的最后时，就说丢掉了最初的那颗心时，请扪心自问是否真的去坚持过，去尽力争取过。

曾经的某一瞬间，我们都以为自己长大了。但是会有一天，我们终于发现，长大的含义除了欲望，还有勇气、责任以及某种守住内心的坚持。

在生活面前，其实我们还都是孩子，我们不能放下追求爱和内心的勇气，学习着如何成长、如何爱与被爱。

我们只要看清自己想要的是什么，一切都来得及。

谁不是一边受伤，一边学会坚强

处女座虽然经常表现出很稳定、很能够承受许多变化或压力的模样，但事实上处女座本身是神经很纤细，非常容易惊恐的一个星座，就算脸上没有表情，但很多时候的情绪是早已内化。

处女座的天性里也不乏开朗，不开心的时候会隐藏自己，让自己看起来更独立坚强；他们不善于表达情感，通常以沉默取代表达。

处女座相信生活的美好，甚至相信生命的力量。他们会构建出自己的世界，他们易受伤，自愈能力很差，但他们从不害怕伤害，从不拒绝成长，永远有自己的内心世界。

这个世界，
没有任何一种痛是单单为你准备的。

人生是一场自我完善的修行，所有的经历，无论悲喜，都为塑造更完美的自己，待那时，即使青春不再，年华已逝，也终究会遇见最美的自己。

走过春的繁荣，见过秋的萧瑟，便不再害怕季节的更替，而是更能以自然的心态来欣赏不同季节里特有的风景；享受过成功，遭遇过挫折，便不再害怕人世的沉浮不定，而能以更从容的心态来对待不同经历所带来的悲喜；经历过繁华，品尝过落寞，便不再畏惧剧终人散的寂寞，而是更能以坦然的心态来面对缘聚缘散的结局。

你可以勇敢地追求一份感情，大胆地说出你的爱。只有勇敢地追求才有实现的可能，只有自己努力争取得来的东西，才会感觉更加美好，让人珍惜。

不要主观地认定遥不可及，一切都不可能属于你，没准对方还会如你一样，早已按捺不住，等待着爱的出现，期待着与你牵手的那一天。

你可以坚持一份兴趣和爱好，即便要与梦想擦肩。兴趣是对事物的喜好和关切的情绪，可以使你集中精力，产生愉快紧张的情感。它的作用不可小觑，可以放大你的主观能动性，激发你的潜意识，对未来活动具有指导作用，对正在进行的活动产生推动作用，对活动的创造性也具有促进作用。

总有许多看似不靠谱的梦想，从选择与坚持开始，实现得让人出乎意料。

你可以选择一段忘记自我的旅行，找一个晴天就出发。旅行的愿望在你心中由来已久，又总因琐碎的顾虑让你不敢上路。

今天有今天的事情，明天还有明天的安排，给予不了自己勇气，就永远迈不出遇见世界的脚步。

你可以走自己的路，过自己喜欢的生活。

人生那么短暂，与其随波逐流在犹豫和重复中浪费，不如走想走的路，就按照既定已久的行程出发，即便迷失了方向，你永远都是自己最精确的“导航”；过想过的生活，就随心所欲给予自己最大的满足，别人的世界再怎样完美都不值得艳羡，你还有自己最恰当的定位和最精彩的人生。

始终相信人生是一段充满诱惑的旅程，有风景，但更多的是荆棘。渴望远方之景，使你有更大的勇气前行，经历荆棘却更能磨炼你的意志，使你更有能力前行。

不必畏惧挫折，也不必害怕失败，起起落落本是人生常态，以更坦然的心境对待，以更坚毅的品质前行，终究会到达人生的彼岸。

生命是一场雨，看似美丽，但更多的时候你得忍受那些寒冷与潮湿。然而也得感谢那些寒冷与潮湿，因为它逼迫着你去提升自己，去挣脱命运的枷锁。它会让你学做一棵树苗，在贫瘠的土地里不断地汲取营养，去迎接最后的挺拔；它会让你学做一条江河，在曲折的道路上不断地流淌，去迎接大海的宽广；它会让你学做一只蜗牛，在陡峭的墙壁上不断地爬行，去迎接金字塔顶端的辉煌。

虽然并不是每一颗种子都会发芽，并不是每一滴水都能入海，并不是每个理想都能实现，生命的成长也并不会一帆风顺，但也并不会永远受挫，快乐和痛苦总是相生相伴的，请以更理智的心态来看待，不懈地努力，执着地追求，雨后终究会有晴天，黎明也终究会到来。

生命的成长是一个漫长的过程，历经岁月的打磨，终究会塑造更完美的自己，去迎接春暖花开的美丽。

你本如刀锋般清冽，却柔软而无邪

处女座可能看起来很凶，其实内心是最柔软的；总是嘴硬，其实心里很善良；讲义气，总想什么事都自己扛；看起来很冷淡，但那只是保护自己的方法。有时乖巧，有时疯狂，有时坚强，有时脆弱。

处女座不太懂得爱自己，他们有很多很多的爱，却忘记给自己。残酷而冰冷的世界其实并不适合处女座生存，但是别担心，处女座天生的温柔和优雅是抵御世事最柔软却有力的武器。他们不喜欢歇斯底里，不喜欢痛哭失声。他们其实非常相信自己，相信自己的直觉和抗压能力，没错，他们的确是世界上最忠于自己的信徒。

你本如刀锋清冽，但你却柔软而无邪；
你本如漆黑冬夜，但你却温暖而皎洁。

罗曼·罗兰说：“世界上只有一种英雄主义，就是在认清生活真相之后依然热爱生活。”

有人尖刻地嘲讽你，你马上尖酸地回敬他。有人毫无理由地看不起你，你马上轻蔑地鄙视他。有人在你面前大肆炫耀，你马上加倍证明你更厉害。有人对你冷漠，你马上对他冷淡疏远。

看，你讨厌的那些人，轻易就把你变成你自己最讨厌的那种样子。这才是“敌人”对你最大的伤害。

面对这些人和事，有的人会哭天喊地歇斯底里地跺脚骂人；有的人可能会选择忍气吞声把这些不快当作苦酒咽下，让其慢慢消化；另外一种人则会平淡地去处理，不拿这当回事，即使是个事儿也会用平静的心态去面对。

三种处理方法，前两种都会伤身，只有第三种才是明智的做法。

如果你是正确的，不要过多争辩，把对方逼上绝路，也就断了自己的退路；如果你是优秀的，不要肆意地卖弄，别人会因你的做法远离；如果你是痛苦的，不要逢人就倾诉，谁都有自己的烦恼，莫把朋友相处成了陌路；如果你是寂寞的，那就在孤独中慢慢沉淀自己，人生本就植根于寂寞的土壤里。

慢慢地，你会逐渐学会接受，接受意外，接受变节，接受误解，接受努力了却得不到回报，接受世界的残忍和人性的残缺。但这不代表你要如同世界一样冰冷地去对待生活，你还会去努力，去爱，去变温柔，去为遥不可及的一切付出心血。

世界上最难的事，莫过于在热闹之中按兵不动，在诱惑面前不忘初心。

我们曾以为长大应该是变得越来越冷漠严肃，但其实没有。长大应该是变温柔，对全世界都温柔。成熟是对很多事物都能放下，都能慈悲，愿以善眼望世界。

你将来会碰到很多你不欣赏、不赞成的人，却必须与他们共事。这人可能是你的上司、同事，或下属，你必须每一次都能做出决定：是与他决裂、抗争，还是妥协、接受。

抗争，值不值得？妥协，安不安心？在信仰和现实之间，很艰难地找出一条路来。你要自己找出来。

你还要知道，终有一日我们都将妥协，我们都会被这个世界完美地驯养，但是在最后的那次妥协之前的每次不妥协，都是最为宝贵的财富，那将是你更好地生活下去的资本。

用你的笑容去改变这个世界，别让这个世界改变了你的笑容。

生活里本没有绝对的是与非，别在是非之间劳心费神。得到勿窃喜，失去勿徒悲。得失只是一种状态，保持灵魂的安静才是真正的得。

抱最大希望，尽最大努力，做最坏打算，持最好心态。记住该记住的，忘记该忘记的，改变能改变的，接受成事实的。

太阳总是新的，每天都是美好的日子。

请热爱生活，好好地对待自己。不要总是迷茫于生活，失望于过去，茫然于现在，胆怯于未来。也不要总是无聊地攀比，肤浅地羡慕，笨拙地效仿。学会去仰望星空，拥抱阳光。

成长是一种痛，或轻或重，但一定会痛。我们只需带着以勇气和坚持化作的利刃，斩断苦难的荆棘。窗外雨停了，天晴了，就是在磨难和困苦中得到成长，人们，就是在无情和残酷中走向成熟。

对这个世界绝望是轻而易举的，对这个世界挚爱是举步维艰的。你要学会前进，人群川流不息，怀揣自己的信仰，往一心想要的地方。

收音机里的歌已经换了一首。听完这首歌，你换了夜晚，换了路标，跌跌撞撞继续做挚爱这个世界的人。

是的，温柔要有，但不是妥协，我们要在安静中，不慌不忙地成长。

第五辑

你的完美主义，是最单纯的孩子气

处女座是脚踏实地的完美主义者，他们信奉"没有不完美，只有完美的不完美呈现"。凡事做到十全十美是他们不变的追求。处女座追求完美，再加上具有强烈的批判精神和精神洁癖，对别人也会吹毛求疵，有时候会给人无法理喻之感，而显得有些神经质，很难和别人建立较亲密的关系。

对于爱情过于苛求的态度，使处女座认为所谓的真情，不过是一种传说，所以通常处女座的情路走得十分坎坷，一路跌跌撞撞。极端的完美主义使他们常常被很多人讨厌，但是作为团队的一员来说，处女座绝对是可以信赖的人，没有一个星座能够像处女座这样能尽善尽美地完成工作，天性驱使他们做任何事都不会放弃，会一直做到令大家满意为止。

那都是很好很好的，我却偏偏不喜欢

这个世界不可能以谁的标准为标准，处女座的世界太完美，就像一件艺术品，无论做工、成色、摆设都是顶级水准。不论是工作、友情、恋爱，甚至婚姻，处女座都是信奉内心感觉的人，将就对他们来说像是酷刑，你说他们矫情也好、吹毛求疵也罢，但是对于对完美的追求，他们绝不动摇让步。

想追求处女座的人要注意了，物质实力可能会给你们加分，却不是处女座选择的决定因素，能走进他们内心，可不是件容易的事。他们要是喜欢你，你可以身无分文，若是不喜欢你，不是你不优秀，只是少了他们要的感觉而已。

上帝之所以创造指纹，
是因为想让人们知道，
每个人都有裂缝。

作家辛夷坞曾写到：很多人都说，只要愿意将就，很多事都变得容易解决，更容易轻松地度过这一生，生活本来就是一场又一场的妥协，许多人都是这样过来的。

可你，认同吗？

爱情是件美丽的事，应该是你一想到就热血澎湃、就心跳加速的事。

如果有一天，爱情对你已经变成了负担。那么你们在一起，就不再是恋旧，而是将就。

和某个人只能将就一阵子，不可能将就一辈子。所以，有时候失恋也是种解脱。爱情不要将就，而要开心长久。

很多人在感情方面不愿意将就。选择将就之后，总会出现一些大大小小的问题。将就是因，问题是果。

什么样的因导致什么样的果。在最初选择的时候，就存在问题，因你的选择而需要面对的生活就会出现问题。

你觉得对方还可以，你就决定跟他在一起。即使对于恋爱，你的态度不一定是非常冷漠的，但是绝对没有相互爱着的两个人那一种对上眼的感觉，所以也不可能达到那样一种火热程度。久而久之，如果不是问题丛生，那么就是觉得对方在自己身边几乎与不存在没有区别。

一直觉得，对于事物的取舍，不应该将就，对于感情，那就更加不能将就。我们总会做许多勉强的决定，而忘记一种叫“我喜欢”的感受。一段将就的感情出问题，也是因为这感情不是“我喜欢的”、不是“我想要的”。

可能，总会有人跟你说，你还太年轻，不知道什么叫现实社会。它会让你渐渐地丢掉很多的“我喜欢”，让你去“将就”，因为很多事情你将就了，才能生存下去。一段将就的感情，虽然可能让你内心过得不开心，但是如果一直将就下去，就像辛夷坞说的那样，或许也可以幸福地过完一生。

这样的幸福，是内心真正的幸福，还是别人眼中的幸福。只有身在其中的人，才能深有体会。

对于感情，选择将就的人，自有他们自己的幸福。只是，不愿意将就的人，总还是想跟随着自己的心，选择我喜欢的人。

爱情合适就好，不要委屈将就，只要随意，彼此之间不要给对方太大压力，也不要相信完美的爱情，其实，你只要知道，人无完人，每个人都会有缺点，有一种纯朴的可爱、一种生活的真实就可以了。

很多人都说，婚姻与爱情的定义完全不一样，婚姻就是找个能跟你过日子的。

或许，有人觉得你矫情，这点你也不否认，你一直在追寻你生命里、意念里自己想要追寻的东西。一旦很多自己想追念的东西已经不再属于原汁原味了，你宁可放弃所有，也绝不将就人生。

你于时间里匆匆走来，就这么短短的一生，你只想做自己想做的事情，活自己想活的活法。

没有最好的爱情，只有待你更好的人

处女座因为想要完美而显得自私，他们的完美主义时时刻刻都在折磨着自己。他们可以像个骑士一样地守护着你，帮你想着很多事情，你再也没有后顾之忧了，就像多了一个秘书。他们时刻都在纠结着未来，所以他们不但要时刻提高自己，还要勇敢面对世界。

处女座凡事追求完美，对感情较为谨慎，是一个爱就要有结果的星座。他们总是喜欢仔细地规划双方未来的前景，希望爱情能够带领他们进入人生的桃花源。

爱，不是寻找一个完美的人，
而是学会用完美的眼光，
欣赏那个并不够完美的人。

作家安妮宝贝在她文中将“最好的爱情”写成了一种理想和愿望——“在路途上想起爱情来，觉得最好的爱情是两个人彼此做个伴。不要束缚，不要缠绕，不要占有，不要渴望从对方身上挖掘到意义，那是注定要落空的东西，而应该是我们两个人并排站在一起，看看这个落寞的人间”。虽然她写出了很多人心中的无限向往和渴望，但冷静下来，觉得这些只能是存在于无数人心中的幻想。

有人说：最好的爱情是在最恰当的时间、最合适的地点，遇到一个最温暖而对的人。

有人说：最好的爱情是不在乎天长地久，但愿曾经拥有，轰轰烈烈地爱一场，便是最好了。

有人说：最好的爱情就像一颗琉璃心。

有人说：最好的爱情是举案齐眉，相敬如宾。

有人说……

所有爱情中的美好，都比不上一个愿意和你白头偕老的人。也可以说如果有一个愿意一直陪伴你，一直照顾你，愿意与你共度一生，那才是最重要的，而不是要求最好的爱情。

如果一份爱情让你变得小心翼翼，那终究你会失去它。太小心地去爱一个人，会渐渐失去自己。

当一份爱情让你不自觉地变成更好的人，它或许不是最完美的，却一定是最长久的。

时间会告诉你一切真相。

有些东西，要等到你真正放下了，才知道它的沉重；有些事情，要等到你渐渐清醒了，才明白世界上根本没有完美这件事。

或许，你在等一个人，一个愿意走进你的生命，分享喜怒哀乐的人，一个知道你曾经无尽地等待因而更加珍惜你的人，一个也许没能参与你的昨天，却愿意和你携手走过每一个明天的人。

千万不要因为别人的眼光而改变了自己的挚爱，莫要活在别人的眼光里而失去了自己。感情不能贪心，也不是梦想。所以，你应该用心来守候属于自己看似并不惊天动地的爱情。

没有一份爱是完美的，也没有一份感情是毫无瑕疵的。爱情与爱人，只能是真真切切的。你不是最好的，但他只爱你。

幸福的关键不在于找到一个完美的人，而在找到某人，然后和他一起努力建立一个完美的关系。

他若真爱你，你可以是任何一种人，可以任性、可以不温柔、可以无理取闹；他若爱你不够，你才需要完美、才需要服从、才需要温柔体贴、才需要委曲求全。

最好的爱情不是一场奢华的婚礼，不是一张美丽的容颜，也不是一次刻骨铭心的旅行。而是和一个待自己好的人平静地走在满是落叶的街道上，拉拉手，贫贫嘴，让平淡生活中的无数个小事构造两个人的世界，愉快或不愉快，争吵或拥抱，哭泣或微笑，冷战或嬉笑。所有的一切都是两个人一起创造出来的，而且任何事都无法让你们分开。

真正的爱，是接受不是忍受，是支持不是支配，是慰问不是质问；真正的爱，要道谢也要道歉，要体贴也要体谅，要认错也好改错；真正的爱，不是彼此凝视，而是共同沿着同一方向望去。其实爱不是寻找一个完美的人，而是要学会用完美的眼光，欣赏一个并不完美的人。

爱情只是一种追求，它从来没有答案，没有标准，也没有尺度。它根本无须这些所谓的标签，好与不好只有你自己知道。

没有最好的爱情亦如没有最美的风景，只有待你更好的人。

你的完美主义，是最单纯的孩子气

许多人一听到处女座就很害怕，觉得他们挑剔、唠叨、和人相处很不愉快。其实处女座只是常常是缺乏信心，常在潜意识里责怪自己不美好。

处女座可爱也会懦弱，聪颖也会小迷糊，常常为没有达到尽善尽美而感到内疚和不安，太想每件事都做到完美无缺。

别以为样样挑剔的处女座很强大，孩子气的他们很容易累也容易受伤。他们需要朋友和家人的鼓励和安慰去推动他们、温暖他们。如果可以，学着多去爱处女座吧，发现他们身上的光芒，而不是责难他们。

留不住的叫青春，
不完美的才是人生。

生活中每件事都想把它做得完美的人，并不是一个强者。或许相反，这些追求完美者企望毫无瑕疵的结局，只是想把自己保护起来，免受他人的指责和讥讽，这是一种透着孩子气的自我保护。

在成长的过程中，难免会遇到各种痛苦，敏感、柔弱、难堪、害羞、冒失、煎熬，这都是要经历的过程，它们都是成长所必备的元素。

成长未必让你得到想得到的，却总会让你失去不想失去的，改变看似美好无缺的东西。

当他人说起你的时候，你会那么在意，因为你希望自己在他人的眼中是美好的；当你一本正经踏踏实实生活时，你会嫌自己不够热血，你失去了向生活宣战的勇气；当你喜欢的人不喜欢你的时候，你竟然有些讨厌自己；当其他的孩子一个个比你有出息，比你能干的时候，你会愧疚于父母，愧疚自己没能长成他们心中希望的样子。

于是，你扛着这些愧疚、不安、失落寸步难行。

我们每个人生来都不是完美的人，如果非要追求那份完美，最后的结果可能是自己把自己赶到那个死胡同里。

如果你不那么较真，或许可以放自己一条生路。

你再完美，也会有人对你不满，也会有人让你生厌。对人不要求全，对己无须苛责。想爱的人，该做的事，抱最大的希望，尽最后的努力，但要做最坏的打算，持最好的心态。

当你在一次次不如意后，发现自己无法真正生活在单纯无瑕的世界里，时间催促你不得不成长起来，不得不放弃带着甜味的孩子气，才会如梦初醒。原来成长给你带来快乐的同时，也带来了那么多你曾经觉得自己无法承受的东西。

于是你开始明白，追求完美似乎真的是件充满稚气的事，因为每个人都是在不完美中成长起来的。

在经历挫折与打击后，我们才能更加体会到生命的真味，让自己的心灵成熟起来。曾经有过低潮，但双眸依然闪光；曾经有过杂乱，但一路奔跑成长，这就是人生最好的铭记。

学会接受残缺，学会接受不完美的自己，是人生的成熟。人生有成就有败，有聚就有散。成熟的人，能淡然地面对一切不完美，所以不强求不执着，凡事尽人事，随缘而安。追求完美是美好的理想，接受残缺是美好的心态。

越是成长，越觉得很多东西不必看得太重，比如外界对你的期望，比如无关紧要的人是否喜欢你，比如某个结局是否美满。过分看重就会迷失自我，会让自己疲惫不堪，仅仅是活出了他人帮你定义的人生。为了所谓的完美，被迫踮着脚尖改来改去，而被绑架了人生。

接纳自己不完美的人，愿意面对自己的错，承认自己的错。一路走下来，才明白真正的快乐不是你应该变成谁，做成什么事，而是你本身是谁，为成长付出了什么。

当我们开始试着原谅自己的那些不完美，试着学会爱自己，享受自己的性格带来的快乐与悲伤、成功与失败时，那就是在享受属于你自己的生活。

原谅自己的不完美，不要辜负那个获得几亿分之一机会来这个世界看一回的自己。

在跌跌撞撞成长的时光里，在通向远方风景的人生路途中，遇上的人和事，无论好坏、喜悲，终将成为生命中美丽的过往，当回望时，别忘记抱一抱自己。

成长是一笔交易，我们都用朴素的童真和未经人事的洁白交换长大的勇气。

成长是生命最大的犒赏，值得我们去尝试。

人 生 要 有 裂 缝，
阳 光 才 能 照 进 来

年轻时，处女座不太能接受人生中不可避免的坎坷，他们常常以为那是命运的捉弄，认为他们的完美人生就不应该存在这样那样的不如意。可完美的人生本身就是一种假象，若没有高低起伏，回忆都会显得索然无味。

如果你是处女座，请善待命运带给你的一切不快，那会使你的人生变得更加丰盈和光亮。

如果你是处女座的家人、朋友，请温柔对待极爱你们的处女座，鼓励和温情会让他们走得更远。

也许一个人，要走过很多的路，
经历过生命中无数突如其来的繁华、
变故和苍凉后，才会变得成熟，
生命却因为这些变故而显得
更加丰盈光亮，值得回忆。

生活是一场漫长的旅行，不管路多远也能走到尽头。

人的一生中，有许多的事情，并不是我们所能预料到的，有的人大红大紫、有的人大起大落，有的人历经坎坷、有的人平淡一生，不管是哪种人，不管是哪种人生，都会因为起落而显得越发精彩。

随着年龄的增长，记忆也就被堆积起来。有的事一旦被想起，它会不会就像藤蔓一样缠绕着你，然后就把你困在了那里。你知道那感觉让你窒息，你了解那滋味尽是苦涩，你早就知道，只要你想起它就不会放过你，可你依然控制不了自己。

唯有疼痛才会刻骨铭心，唯有疼痛才能证明曾经你有多幸福，唯有疼痛才可以让你看到曾经那个义无反顾的自己。

其实你的真实与纯粹都藏在那伤口里，你知道随着那伤口的愈合，你的真实与纯粹也就不见了，所以你才会格外地怀念。

看似是怀念回忆本身，其实却是怀念你在那段回忆里付出的一切，是留在那段回忆里的再也找不见的你自己。就像是冬日的寒冷，会让人恋上曾不够喜欢的那个太阳。直到我们失去了什么，才会发现它有多美好。

在生活面前，我们都只是孩子。我们永远都不会知道它又要带来一个怎样的人、一件怎样的事来教会我们如何成长。我们跌跌撞撞地遇见了很多个“意料之外”，然后又小心翼翼地，希望每一个“意料之外”最后都能变成我们“想象之中”的美好。

可最终才明白，这一切只是生活在教我们明白什么叫作事与愿违。于是，我们变成了现在这个样子，坚强的，懂事的，宠辱不惊的。

会有那么一段时间，我们学会了保护自己。不管知道了什么，我们不会再去问，不会再提起，如果难过了，就不停地忙碌直到忘了自己；不管产生了什么问题，都不会吵，不会闹，如果心痛了，就用沉默代替；不管受到什么打击，也不会哭，不会抱怨，如果累了，就会消失一阵子。

不再需要问别人的建议，也不再需要别人的安慰，因为我们清楚地知道解开心结的办法，然而也清楚地明白，这个办法的使用权不在我们手中。之后便懂得，无论以后会不会有人陪伴，自己强大起来总是不会错的。

然而，就如同生命是短暂且脆弱的一样，灰暗的日子也不是长久得坚不可摧。时间在向前行进着，于是我们也不可能会倒退，可是我们常常原地踏步。没有什么会催促着你走，也不会有什么必要的原因一定要你离开那里。

只是，最后明白的一定是你自己，你会发现脚下的路已被自己踏得陷了下去，甚至已经装下你自己，而且陪着你的，还有你再也找不回来的青春。

在一切变好之前，我们都会经历一段不开心的日子，这段日子也许很长，也许只是一觉醒来就过去了。但这些都不需要被记得，我们只要记住，最后的最后一切都会有新的开始。

时间有前进的意义，事情有结局的原因，就是想让我们看到未来的阳光已经照进生命里，烧尽了过去，让我们痛苦挣扎，然后明白一切的失去都只是为了突出现在的一切，那些未来我们会去怀念的东西。

所以，别为那些有缺口的回忆惋惜，正是那缺口提醒了我们，原来它其实很美丽。人生无法做到完美，我们就尽力好了，剩下的交给命运。

迟到了太久，就不必到了

处女座是极端的完美主义者，要么破碎，要么完美，不要中间。等太久得来的东西，往往已不是他们想要的样子。

有人说处女座实在是一个恶魔，他们实在太可恶、太神经质，难免伤人，还带有一点儿强迫症。处女座是疯子，但是处女座疯得实在，每个没心没肺的处女座，都有一段为某人掏心掏肺的曾经。

其实他们是长着恶魔翅膀的天使，他们那满满的责任心，他们独特的温柔，你察觉到了吗？

你本来很爱一个人，
可是，当所有的失望累积到了一个临界点，
连爱也再提不起劲了。

一杯热腾腾的茶，放到凉透，再喝已没有必要，只会伤身。一件加厚的外衣，穿得太晚，寒气已经侵入体内，感冒无法避免。

中途的等待，要么说是虚无缥缈，要么就是遥遥无期。等待成了一个似有似无的灯塔，偶尔想起，便会一阵振作，是的，你也曾坚定过继续等待。

人来人往，车水马龙，却没有一辆车或是一个人愿意为你停留的，就这样渐渐消失在人群中，留你一个人与寒风作陪，火热的心早已被吹冷。天越晚，风越大，那些风吹进了你的心里，化作冰，需要阳光来融化。

你也曾固执地说：最好的人都是等来的，最好的未来往往经过最漫长的等待。你愿在满天繁星里镌刻他的名字。你的心事，连天际的繁星都知晓。

将至未至，于是窝在心坎，占据空间，任时间消磨。又是一个季节的结束另一个季节的开始。好像所有的等待都是为了一个开始，可能这个开始不是新的，没有凤凰涅槃式的壮烈，却是让你期待的。

总是固执地对未来充满着幸福的幻想，总是以为，时间会淘汰一切坏的东西，而把真、善、美，把温暖、把快乐沉淀下来留给你。

看着深秋树上最后一片枯叶屹立在树梢不愿落下，你以为这种等待会是世界上仅存的纯粹和圣洁，可当你满怀情愫地去仰望时，它却被一阵风吹落。

可是后来你发现，时间总是无情地催促你，它让容颜渐老，让所有的机缘巧合都失去了乐趣，让所有的本来清澈的东西变得混沌，让所有坚固的初心变得不堪一击，让真的变成仿真，让迫切的变成无所谓，让真诚的变成怀疑的，让踏实的变成忐忑的。

“你若不来，我不敢老去”这样的情话，后来的你再也不敢轻易说出口。

在时间的长河里，谁苍白了谁的等待，谁无悔着谁的执着。韶华易逝，烟花易冷，岁月悄悄爬满双额，一条条细纹在诉说着思念。多少人、多少情在蹉跎岁月里，败给一个等字。

人的一生，总是在等待中度过。等待一个人，等待一句话，等待一段情，所有的等待会在时间里慢慢褪色，所有的激情会在等待中冷却。

爱就是在漫长的时光里和他一起成长，在人生最后的岁月一同凋零。

所以，如果他爱你，他不会让你等，因为不忍心；如果你爱他，那不要让他等，因为不公平。

你相信人在动情时所说的话都是真的，许下的承诺也是真的，一腔热血也是真的，至于谁辜负了谁，都是后来的事情，谁又能提前预知呢？只是迟到得太久，就不必到了。

如果你所等待的迟到了，本身就说明了缘分的不足与付出的欠缺，无论是前者还是后者，都不该再续前缘。若真在乎，必然早早追求，早早拥有，怎会等到对方心已死、情已逝，才迟迟到来。

如果迟到，只能说明从未重视。即使“到”了，也无法抵消“迟”的副作用。

请问问自己的心，是真的需要这场相逢吗？还是下一次才值得你严阵以待，准时出现？

时间有限，趁着可以爱的时候，用力爱吧，别让幸福等待太久。等待，是谁都负担不起的未来。

若不曾重视的相约，失去时莫道遗憾。

原谅这个世界的不美好，也原谅这个世界没有童话

处女座对每一件事情都要周密计划，仔细安排。总之，他的生活是一丝不苟和井井有条的，处女座不喜欢突如其来的变故扰乱生活。

不难发现，处女座热爱美好、强调完整，生活中任何一点瑕疵，都会令他们沮丧或者情绪失控，使他们身边的人感到喘不过气来。你可以说他们心态不好或是过于计较得失，这一点估计他们自己也不会否认。

善于自省的处女座会在生活的一次次打击中发现，完美真可以是一种人生追求，而并非是唯一目标。

总有些事，让你失望。
总有些人，让你心伤。
人生，真的不完美。
需要释怀，需要原谅。

天空一片雾霾，阳光躲在云后，请原谅，没有给你一片风和日丽。

头碰头脚抵脚的地铁，一拨人出去一拨人又涌进来，请原谅，没有给你可以转身的空间。

孤零零的房间，生病的自己，外面是各自欢笑的人群，请原谅，没有给你一个温暖的问候。

又是午夜十二点的晚上，手机依然一声不响，请原谅，没有给你一个爱的晚安。

可是，再不美好的经过，都会变成时间的礼物。

许多美好都深藏在岁月中，春天的丁香，夏天的细雨，秋天的落叶，冬天的雪花都是美好。

但生活也常常不美好，有辛酸的泪、有失足的悔、有幽深的怨、有抱憾的恨。生活有时也很可爱，总让我们泪中带笑、悔中顿悟、怨中藏喜、恨中生爱。

生活中不可能存在永远完美的东西，就像你认为已经一切准备就绪，结果等到了机场才发现没有带身份证。

石头貌不惊人，却能恒久千年万载。鲜花美不胜收，却只不过一季芬芳。上帝不会让任何人与物完美无缺，生活也不会让任何事百分之百地圆满。

没有人可以得到所有的幸福，生活中总会存在这样那样的缺憾，人有悲欢离合，如月有阴晴圆缺。

其实完美的人生谁不渴望呢？不如意却十之八九。人生就像半杯水，很难有完满的时候。

别认为不美好的事是生活亏欠了你，生活是勾勒不完的七彩色调，是苦辣酸咸的牵绊。做一个热爱生活的人，用坦诚的心迎接晨起的朝阳，用感恩的心握别晚霞的光晕。

在这不太完美的世间，快乐的秘诀就是找到内心的安宁。人生在世不如意事常八九，真正能放下的人，不会花精力解释过去，而是面向当下，乐活现在，包容过去的情缘和关系。一场情缘，应好好珍惜，即使分手也去怀着感恩说再见。

有时候，原谅这世界的不美好，就是给自己心中留下空间，以便回旋。

越是长大，你就会越温柔、越懂得接受，不会为一点儿失去就气得暴跳如雷，也不会因为一点儿不美好而变得愤怒又消极。

生活里我们拒绝不了眼泪，如果让眼泪淹没人生，那何尝不是一种深深的悲哀？善待每一次伤感，善待每一次坚强，善待每一个雷雨交加的日子，善待每一次秋风扫落叶的凄美。

只要你的心完美，这个世界就完美。所以我们修炼的就是一颗热爱世界的心，用这颗心去原谅这世界的不美好。

当我们能够和蝴蝶一般敲击开多年来缠缚自己的厚厚的茧壳，这最艰难的迈出才是我们真正开始成长的机遇。接纳一切不完美，不再苛求生活，生活才会更加丰盈。

命 运 最 迷 人 的 ，
不 是 如 愿 以 偿
而 是 阴 差 阳 错

处女座对待任何事都是周到、细心、谨慎而有条理，因此他们通常会认为事情会如自己所预想的那般发展。处女座对待友情、爱情更是尽心尽力，不允许自己有一点儿马虎，所以他们有理由相信自己亲手经营的感情一定会有圆满的结局。可惜，命运总不给人们想要的。

毋庸置疑，生活在自己内心美好世界的处女座，人生会比其他人过得更具挑战性。

你看多可惜，我们每个人从陌生开始，
然后又再度陌生。
有时候会想，相遇可能是这个世界上最美好的事，
也就注定了和其他美好事物一样，永远也没法长久。

不幸的源头，总有一桩意外；幸福的源头，总有一桩巧合。因为意外，人生注定了无法如你所愿。

比如你高考时非常努力，却不能去你想去的学校，命运没有给你想要的，却安排了另外的人和事给你。这就是遇见你该遇见的，都不用担心，另一个答案一定会带来你预想不到的惊喜。

接受你所不能改变的其实也不错，命运的迷人之处，不是如愿以偿，而是阴差阳错。

生命里有很多转瞬即逝，像在车站的告别，刚刚还相互拥抱，转眼已各自天涯。很多时候，你不懂，就这样说着说着就变了，听着听着就倦了，看着看着就厌了，跟着跟着就慢了，走着走着就散了，爱着爱着就淡了，想着想着就算了。

生活总会带来意想不到的意外，而你需要的，是要拥有巨

大的内心力量，以及独自品尝误解、污蔑、轻慢、敌视、挫折等诸种人生况味的淡然与超脱。

即便所有的人都背叛了你，也不要放下心的骄傲。即便所有的人都赞美你，也不要改变心的谦和。

人这一生是短暂的，零碎的时间聚拢就是一生，飘散的花瓣拾起就是一季。经过、路过、迷过、苦过，也错过，日子就这样在阴差阳错中滑过；痛过、哭过、爱过、笑过，也醉过，生命就这样在半梦半醒中恍然度过。

有人说过季节是人心中的年轮，一日一日流动的光芒里，你终于忘不了的和总是放不下的，就那么沉淀下来，一圈又一圈，镂刻在离灵魂最近的地方。

人们常常浑然不觉，只是当某一天惊讶地看到镜中自己褶皱的容颜时，才发现原来沧桑年年有痕。

我们终将要错过一些人，或多或少会经历一些情感的波折。蓦然回首，那些在生命中涌动过的人，在心灵深处被爱踏足过的芳草地，是否还保留着珍贵的情感借以回味逝去的时光，好像是否结局美满，也并没有当年想象的那么重要。

生命虔诚温柔，而我们路过的风景、爱过的人、遗憾过的往事，那一场一场又一场的阴差阳错，那些长长人生路上的旧日足迹，今朝回望的一径轻寒，原本就是如此简单。可那些曾经许下的诺言，那些过往日子里如残荷般怅然的心事，那每一个猝不及防的瞬间，真的就可以像不存在过一样吗？

不，那些没能圆满的人和事，等你回过头看时才会发现，它们早已成为你人生的养分。

总有一些片段，无论经历了怎样的世事变迁，沉淀后依旧会如沙砾般古朴深刻。最暗的夜，才会看见最美的星光，人生亦是如此。

走在路上，邂逅的不仅仅是尘世风景，更是触动心灵的辛酸人事；漫步人生，经历的不仅仅是悲欢离合，更是命运的森罗万象。

艰辛的生活，我们已经很苦、很累，无须再对自己责备；奔波的人生，我们已经用力、尽心，何必再去耿耿于怀。世上就没有最好，何必苦苦强迫自己，人生不会事事如意、样样随心，学会宽慰自己。

俗世喧哗，别让忧伤开花，最终我们会明白，经历的和失去的一切，都是尘世对我们人生的考验。当你正在数着日子，努力过好当下的每一分时光时，那么，你已经在成长中了。

人生是一场有规律的阴差阳错，世事虽喧哗，也莫让忧伤开花，没有遗憾，你怎能体会到什么是幸福。

最后，所有的一切都会变成一道成长的痕迹。

第六辑

明明红了眼眶，却还笑着说原谅

悲天悯人的个性，使处女座对人生有独到的理解，他们会在一生中通过不断的克服困难升华自己的生命境界。

处女座就像是神的使者，被认为是最接近神的人，他们善良、仁慈、博爱、宽厚、无私奉献，向人世间传达神的旨意。同时也有着敏感、多疑、计较、软弱、容易原谅、占有欲极强等性格特点。也正因为如此，处女座经历的痛苦、磨难或许比其他人要多。

你的眼睛会笑，弯成一座桥

处女座最让人爱、最让人担心的地方就是天真。虽然也会深入考虑问题，可因为太过善良和轻易相信别人的性格很容易被人宰割。

处女座认为，世界就是自己看到的那样，黑就是黑，白就是白，想法太直接。不过傻人有傻福，无知者无畏，大步地前行，福很容易来到。不过，处女座必须有人保护或历经沧桑才能立足。

我终于发现自己看人的眼光太过简单，
我从来没有去想面具下面是一张怎样的面容，
我总是直接把面具当作面孔来对待，
却忘记了笑脸面具下往往都是一张流着泪的脸。

纠缠着的命运和生活中难掩的欺骗，默不作声地将你捆住包围，它将愈来愈紧地收缩压迫着，当你不知所措时，多少人忘记了，你还拥有挣扎的能力。

生活像是精神鸦片，明知道其中太过危险，却还是不得不面对它、享受它，或被它玩弄，似乎连保持清醒都是困难的事情了。多少人望着星空，还会流下弥足珍贵的泪水？

一些很期待的生活，总是在你自以为是的梦想中消磨了，然后给予你一个很失望的打击。有些东西，想起来总是很美好的，于是在你的想当然中，荒废了所面对的原来可以很开心的现实。

冬天寒冷，风霜刺骨，但也有阳光明媚地向你微笑。你总是这样觉得的，因此无论身遇何事，你总会努力寻找着那个冬日里的暖阳，然后将两个手掌伸向更高处，贴近它取暖。

即便是这样，你还是有安慰不了自己的时候，真的无力无助了，一个人蹲坐在角落里，难过地数着自己的泪滴。

每个人的心底都有一颗善良的种子，善良是灵魂的微笑，善良是对生命的感恩，是一种至善至美的心灵境界，善良可以驱赶寒冷，横扫阴霾，人生路上用一颗善良的心来对待生命的际遇，生活就会处处明媚。

善良，就像是一棵桂花树，虽不会开出艳丽的花朵，但是那温婉的清香，却往往使人更加留恋和难以忘怀；善良，就像是一条绵延的小河，虽不及大海的波澜壮阔，但是那清澈的水流，却更能净化人的心灵；善良，就像是头顶的一轮明月，虽不会像太阳那样光芒四射，但是那种安逸和祥和，更加使人觉得温馨而踏实。

知世故而不世故，才是最善良的成熟。

可有一天，你会遇到一个人，他懂你的脆弱、你的心软。你的善良在他的眼里是无价之宝，你的天真是他最想呵护的城堡。他看得到你面具下的悲伤，你也不会看到他面具下流泪的脸。因为爱着时，你们的身上有光。他带给你正能量，让你的善良和天真得到滋养。

拥有正能量的人，会对生活乐观、对自己信任。他知道生活本来就悲喜交加，所以已经学会坦然面对。当快乐来临时，会尽情享受，当烦扰来袭时，就理性解决。他相信人定胜天，确实无法获胜时，就坦然接受。他能够正确认识自己，有自知之明，不会自我贬损也不会自我膨胀，他在该独立的时候独立，该求助的时候求助。他的乐观和自信后面，深藏着对人生的豁达与包容。

拥有正能量的人，拥有大智慧，他分得清世界的黑白曲直，不会在人生的道路上走歪，也不会随波逐流。他不会扭曲事物的本质，不会夸大事情的不利面。他知道世界运作的原理，明白人人都有阴晴圆缺。他在你需要时给你最中肯的建议，有原则却又求新求变，有主见却又听得进劝。

拥有正能量的人，坚定自己的信念，拥有人生的目标，知道自己的需要并为之不断努力。

他欢迎变化也制造进步。当困难来临，他不嫌麻烦或贪图安逸，他知道山丘后面会有更美丽的风景。

是的，去爱一个拥有正能量的人吧。他会让你觉得人生有意思，会让你觉得世界色彩斑斓。他会给你惊喜，同时也会带给你感悟。他让你把路走直，戒断所有扭曲的价值观。如果你本身就是一个容易伤感和软弱的人，那么就请你一定要爱一个拥有正能量的人。

在爱情这道数学题里，负负并不能得正，另一个同样具有负能量的人会把你的人生拖垮，不同空间的畸形与病态会让你过得一团糟。

让这样具有正能量的人导正你的灵魂和行为，在潜移默化中，你会变得更加开朗和幸福。

这一定比财富和才能更能长久地滋养你的心灵。

深情是你的优点，
小气也变成了特色

受水星守护的处女座，做事情永远都是那么极端，他们在面对一个目标的时候有着永不妥协的执着，他们从来都不隐藏自己对爱情、对权力占有的欲望。他们是深情的典范，有时候小气也只是他们在乎对方的一种表现。

处女座是最接近人之本性的星座，他们敢于直接面对自己内心中的渴望，从不避讳。本性、本能对他们来说，当真是那么淋漓尽致。

找一个人来爱或恨，
势均力敌的情感和动力，
可以给你能量好好活下去。

你走在车水马龙的巷口，穿过熙熙攘攘的人群，路过了那年漫长且寒冷的冬季，在年岁里也不知道与多少人擦肩而过又错失了多少人，蓦然回首千百次却仍不见灯火阑珊处的那人，缘分是如此虚无缥缈却又真实地存在于我们身边，它静待时光恰好，彼此无恙。

你在苍老的未来等待着，等待有人轻吻你仍旧光洁的额头，上面有飞鸟曾栖息，孵育过爱与别离。

这是你能想到的最好的见面礼。

一个人爱上了时光，两个人就变成了怀念。一只蜻蜓爱上了停留，一片春光喜上了眉梢。像风一样栖息的是梦的时光，像水一样招摇的是寂寥。春去秋来，你是爱恨的旅人。悲欢离合，让你告别微风。

你在这世上寻寻觅觅，最终竟发现，被寻找的人比找别人的人幸福，因为还有人愿意找你，不管你欠的是情还是债。

有些人的一生，是直达车。有些人却是慢车，中间总要经过许多站、经历许多人。有人总是下错站、坐过头，不是错失了窗外的风景，就是错过了身旁的人。你不在乎坐上哪一辆车，只想知道，能陪我坐到终点站的人究竟是谁？

生命里，总有一些深情无关风花雪月，总有一些遇见无关天涯海角，却是一场宿命的邀约。

需要盛着几分笑容，才能显出你的欣喜，而又不让将至的他看出你的痴情。你应是端庄大方，还是洒脱可人的姿态，才会让他更加垂慕？

遇见之前，直至他出现之后，你都不会是最好的那个。但你一定是最奋力成蝶的那蛹，只为他能笑意盈盈收你在他的肩。

当你遇见他，请告诉他，你一直深情不悔

地等着他；当你遇见他，请告诉他，你也会发脾气、任性、爱哭，小气得不愿意与任何人分享他；当你遇见他，请告诉他，无论如何相信你爱他，别放开你的手。

他是你最想触碰的柔软，如若时光消逝殆尽，你涣散的目光、残破的肢体，以及脆弱至死的碎玻璃般的心脏，仍承受着如此美好的柔软；他是你最想触碰的柔软，喜欢他也许只是因为一句玩笑话而起，却在流年里念念不忘。

爱从来就是一件千回百转的事。不曾被离弃，不曾受伤害，怎懂得爱人？爱原来是一种经历，但愿人长久。

深情的人就像一棵树，不用相思来句读，必有生之欢喜来落幕。

时光是技艺最高强的小偷，在你毫无知觉的时候慢慢偷走你的习惯，一点点偷走你的深情，等你发觉的时候已经没了当初那般炽烈的守护欲，自然不去计较这些忘记。

时光又是演技最好的演员，在你毫无察觉的情况下给你植入各式各样的记忆，直到你慢慢再不提起那些年、那段爱。

明 明 红 了 眼 眶 ，
却 还 笑 着 说 原 谅

如果你是处女座，你有两样宝贝，一个是你明亮的眼睛，一个是你明亮双眼中流出的泪水。处女座的眼睛充满着孩子般的纯真。

处女座可以在任何静下来的时候表现出脆弱，并且毫不掩饰。

处女座在脆弱的同时也在进行着密集的思索：我该怎么办？所以处女座是一个典型的把弱势无限放大、优势无限隐藏的星座。

不要在一件别扭的事上纠缠太久，
你会烦、会痛、会厌、会累、会神伤、会心碎。
实际上，到最后，你不是跟事过不去，
而是跟自己过不去。

有时候你是天生的演说家，身边的人都说吵架永远都吵不赢你。

可有时候你也会不善言辞，没人懂你饱含深情的哑语。太多的幸福与美好潜藏在心里，总在安静的时候放空自己，一旦放空，难过就像闻到了你孤单的气息一样找来。

你喜欢的人不一定会留在你身边，只有爱你的人才会一生一世陪伴你。

总以为我们很爱某个人，会一生一世爱下去，等下去。直到沧海变色，海枯石烂。

当所有人都告诉我们，不要执迷，他其实并没有你想象的好，但我们，宁可相信自己给自己编织的童话，也不愿相信身边的人所说的话。

总以为我们爱上一个人，我们就必须是一辈子不变心，总以为我们还能等到冥冥中的缘分再度重逢。

千里姻缘一线牵，当云雾散尽，当两条相交线错开，我们才知道自己不过是当局者迷。

总以为我们很爱某个人，爱到会为他做任何事，爱到华丽的背景下直到你一脸落寞地转身。

谁先不爱，谁先离开。总觉得，第一个转身的人是最好的，看着最爱的人远去，我们以为就是一辈子，这一辈子，就他了，除了他，我们谁都不会再爱。

心已经对感情麻木了，泪已经流尽，没有什么是自己该值得守候的了，有些东西，并不像自己想的那么脆弱。

问一句，失去他，你真的会活不下去吗，也许那一秒钟会是，但是十天或者一个月，一年或者更长的时间呢，忽然某一天你突然醒悟过来自己都会说，为什么曾经自己是那么放不下？

其实，我们并不是放不下，我们放不下的只是一种心情，是那种不甘心。

为什么，在我还爱你的时候你却不先爱了？为什么，当初你那么爱我，现在却变得这么冷漠？在心里问这些话的时候，其实我们不再是单纯地爱这个人了，我们只是爱上了自己的不甘心。骨子里，没有一个人甘心比其他人差，谁都希望自己的一切都是美的，无人可比的。

爱上一个人，我们其实是爱上一种感觉，只有他才能给的感觉。不爱一个人，就是因为感觉没了。不爱了就是不爱了，再勉强也没有用。

如果问你，你会怀念曾经爱过的人什么，一定不会是山盟海誓，有的其实是更多的很细小的细节，那个人哄你，呵护你，疼你……

我们会说等一个人，其实，我们等的已经不是这个人，只是一种心情，不甘心忽然在的人说离开就离开了。如果他重新回来，你还会一如既往地爱他，包容他的一切吗？不要那么轻易地说会，用你的心说，你真的会吗？

没有人是要故意变心的。一个人，当他爱你的时候，是真的爱你，可是当他不爱你的时候，也是真的不爱你了。他在爱你的时候，没有办法假装不爱你，同样的，当他在不爱你的时候，也真的没有办法再假装爱你……

所以，何不选择就此放下，因为，我们希望我们自己幸福。趁着可以爱的时候好好地爱，别让你的爱情等待太久，别让你的幸福等待太久，也别让莫名的难过再侵占你的心。

一 点 就 着 ， 一 哄 就 好

处女座对于生气这种事通常都是三分钟热度的。但是在生气的时候就像一个火药桶，你无心的一句话，很可能就一不小心地点着了他们的怒火，然后蔓延自身。这个时候，你就乖乖地看着他们发泄，不用多久他就会恢复正常的；如果还是迁怒于你，放心吧，处女座是知错能改会道歉的人。

先别急着爱我，如果你愿意，
先来尝尝我的怪脾气和任性，
若你还爱我，
那我的世界就只有你。

有时候，生活就像是乘坐情绪的过山车，你生起气来好似黑云压城，可能别人一句无心的话竟刺激了你内心的敏感处，你就会变成一个火药桶，会给别人喘不过气的感觉。

但爱你的人知道，那只是你一时的孩子气，你是那么美好的人，生气这种事大概也只是三分钟罢了，可你总要有人来哄来宠，才肯罢休。

一切都是不可预知的，爱与未来，都在云端。你的心，像热带丛林，潮湿而多雨；又像那天边飘过的浮云，没有来处也不知去处。

亲爱的，当你情绪低到冰点，哭其实不能发泄情绪，不能表现伤痕，不能治愈伤口。你会发现，在痛哭流涕里，你丢失了在爱里的自己。当你的情绪处于低潮时，对任何事情都提不起兴趣，要学会转移注意力。有些事情既然不如所愿，就尝试着去接受、去面对。

一个人不可能改变世界，世界也不会因你而改变，若身边没有马上出现一个能懂你、哄你的人，那你所能做的，就是适应世界，不钻牛角尖。

任何时候，一个人都不应该做自己情绪的奴隶，不应该使一切行动都受制于自己的情绪。无论情况有多么的糟糕，生活给你了多少坎坷，爱情给了你多少磨难，你都该努力去支配自己的环境，把自己从黑暗中拯救出来。

其实，你希望有这么一个人，给你波澜不惊的爱情，陪你看世界的风景，许你一世的欢颜。

他的温柔让你感到温暖，即便是你的小情绪爆发，他懂你冰冷外表下软弱的心脏，也懂你要的从不是奢侈，不过是他长久地在你身边，你摸得到、触得到，给你安心和踏实。

有时候，你的闹情绪也只是想让爱你的人看见自己、注意自己，你怕被忽略的冷落。而你转过头就恢复美好，是不想让爱你的人真的怕了你的怪脾气而离开。

你明白，只要那个人陪伴在身边，就总不至于一无所有。

在那个人的身边，絮叨、抱怨、软弱都来得那样理所当然，就好像你是被需要的，他是能信任的。

如果你拥有爱情，请你不要有情绪。

可当你还未拥有爱情，当你的爱情和那个对的人迟到了，那么在他到来之前，照顾好自己，完善自己才是最好的等待方式。

多心的人注定活得辛苦，因为太容易被周围和情绪所左右。多心的人总是胡思乱想，被困在一团乱麻般的思绪中，动弹不得。

生命是一场雨，看似美丽，但更多的时候你得忍受那些寒冷与潮湿，并且也得感谢那些寒冷与潮湿，因为它逼迫着你去提升自己，去挣脱命运的枷锁。

正是这些无法诉说的困苦，让你学做一棵树苗，在贫瘠的土地里不断地汲取营养，去迎接最后的挺拔；让你学做一条江河，在曲折的道路上不断地流淌，去迎接大海的宽广；让你学做一只蜗牛，在陡峭的墙壁上不断地爬行，去迎接金字塔顶端的辉煌；你变得越来越少情绪化，越来越懂得控制自己。

在遭遇中成长，在绝境中重生，提升自我，努力前行。这是一场自我完善的修行，所有的经历，无论悲喜，都为塑造更完美的自己。

等你真的遇到你想要的爱情，你可以告诉他：我很好，没有阴晴不定，没有娇气任性。你愿意爱我吗？

请你相信，答案一定是肯定的。

笑起来像个孩子，冷起来像个谜

处女座温婉纯真的笑容能掩饰一颗多愁善感的心。处女座对感兴趣的事情抓住不撒手，执着得可怕；对不感兴趣的人没表情，连装也难，拒绝一切假装的人和事。

处女座外表冷冰冰，内里热辣辣，甚至爱恨交加。习惯黑脸，令人不敢接近。不过交往的时间稍长便会让人了解他们是可以深交的人.

和处女座在一起，就像吃拔丝香蕉，外酥内软外冷内热。外面和里面的情况完全相反，冷的时候令人吃惊，热的时候叫人更加吃惊。

明明前一刻还觉得新鲜和兴奋，
下一刻却又不知道心底那份情绪是悲从何来。

其实孩子气，也没什么不好。人总有一天会长大，何必成熟太早，失去太早。

而有时，你却不得不学着做一个不动声色的大人。不情绪化，不偷偷想念，不回头看。你一直以为人是慢慢变老的，其实不是，人是一瞬间变老的。

很多事，不是你想，就能做到的；很多东西，不是你要，就能得到的；很多人，不是你留，就能留住的。很多美好的事物和人就像指缝间的阳光，温暖、美好，却永远无法抓住。

你行走过爱的荒漠，迷失在来时的路上；你看过沿途的风景，但你只能边走边忘。

你不再挣扎，不再纠缠，你知道如何一个人生活。

你开始学着管理自己一碰就碎的情绪，摆正自己的心态。

凡事多往好处想，不失去对生活的热情，不抱怨命运的不公，让忧伤远离自己，给生活加一点糖。

你要学会沉默。有些事不必争辩，懂得自己就是最好，爱你的人自然会懂，不爱你的人，无论你如何解释，都是枉然。

你要学会平静。平静也许不会带给你什么快乐，但至少也没多大烦恼；要善调心绪，万事都别耿耿于怀，退一步也许有意外收获。

相爱的时候，人更容易情绪化，更难得平静。其实，任何的吵闹、嫉妒、猜忌、孩子气等行为，都是正常合理的。再完美端庄的人，一旦爱了，也一样像个孩子，偶尔自私，偶尔奢望，偶尔任性。

当别人说你看起来总是那么平静与淡然，只有你自己心里知道，而今的平静与淡然是用多少眼泪换来的。此时此刻的波澜不惊，当初你几乎被多少波澜淹没过。

生命中所有的挫折与伤痛、所有的经历，都是为了造就你和锻炼你。不要总说岁月残忍，它其实温柔了你。

最重要的事是，要拥有跟随内心与直觉的勇气。你的内心与直觉多少已经知道你真正想要做什么样的人。任何其他事物都是次要的。你得找出你所热爱的目标，其他的看得开，烦恼自然走开。

不太计较得与失，学会选择，懂得放弃，保持一颗平和宁静的心，清除心灵的垃圾。用平常心拥抱生活和工作的压力，珍惜你所拥有的爱人、亲人和朋友，摆脱欲望的枷锁，不去羡慕别人。

每个人真正强大起来都要度过一段没人帮，没人支持的日子，所有事情都是自己一个人撑，所有情绪都是只有自己知道，但只要咬牙撑过去，一切都不一样了。

在未能相见的日子里，你学会了要让自己充实起来，于是认真学着那些你早就想懂得的东西，可能付出跟获得并不一定成正比，但阴暗过后，好的运气一定会再来光顾你。

一个人最好的样子就是平静一点儿、情绪化少一些，哪怕一个人生活，穿越一个又一个城市，走过一个又一条街道，仰望一片又一片天空，内心也是丰盈自由的。

所以，亲爱的，按下性子耐心再等等，等好运气回到你的生命里，等走失的人再回来牵紧你，等时光考验完，就会把属于你的全部加倍还给你。

其实我也很介意，只是说着没关系

处女座是骄傲却又不自信的星座，总是矛盾，心软。总是在受伤之后才看出对错，但下次仍旧会再犯。

在看过一次次谎言或欺骗之后，处女座慢慢地学习自我保护。但是如果你能够让他敞开心扉，你会发现，处女座的人心软的毛病从未变过，也改不了。

纵然他有千般不好、万般辜负，
毕竟是我爱过的人，我能够怪他什么。

记忆像是倒在掌心的水，无论你摊开还是紧握，终究还是会从指缝间流淌干净。所谓爱一个人，如果不是全部，那就等于零。

你一定这样用力地爱过一个人，你对他言听计从，千依百顺，你的卑微在尘埃里开出了花，又枯萎。

你一定这样执着地爱过一个人，你爱他到昏天黑地，不管不顾，你爱他到哪怕他朝秦暮楚也依然不肯放手。

你一定这样无望地爱过一个人，你在尘世跋涉，经过万水千山，只为了给他惊喜，结果……

是的，你红了眼眶。

你一定这样用力地试图忘过一个人吧，你驱逐他的身影，入睡之前，安眠以后。

你一定这样执着地试图忘过一个人吧，你抗拒与他有关的一切，混沌之前，清醒以后。

你一定这样无望地试图忘过一个人吧，可是以后你追逐的每段感情都有百分之几十的他的影子，寻寻觅觅那么久，他还是占据着你的梦的二分之一。

那年，他从阳光中走来，带来了满室的温暖和整个胸膛的爱。

那年，你以为你们是真的可以一直在一起。

你的日记本里开始不停地出现大段大段的属于你的小秘密。

现在，你都还记得自己曾这样写下：

有这样一个男子，在茫茫人海中，一眼就能找到我，我怎能不爱。

有这样一个男子，像宠自己的女儿一样疼爱我，我怎能不爱。

有这样一个男子，那样骄傲，却在拥挤的街头为我系上鞋带，我怎能不爱。

那年，他是这样的一个男子，你那么爱他。

可是后来呢，你们怎么了？

你和所有失恋的人一样，白天疯疯癫癫，笑得最大声，表情最夸张，看起来最快乐。晚上不停地失眠，不停地哭，不停地念着他的名字。

后来，渐渐地，你不哭了，不闹了。

后来的后来，你说你从不怨恨他，你这样对他说：以后，无论你在哪里，无论你身边的人是谁，只要你需要，我就会在你身边；以后，无论你走多远，我都会站在你回头就能看到的地方。

只是这些，再也无关风月，无关爱情。

哪怕你的感情再浓墨重彩，你有的也不过就是淡淡的青春吧，在短暂的岁月里没有自杀或他杀，没有人因爱或者不爱死去。

跟书里写的一样，你只是简单地爱过一个人，得到或者没有得到；简单地被一个人爱过，知道或者并不知道；简单地与一人爱过，失去或者正在失去。你们也说过跟天下所有情侣一样不离不弃的话，但最终也像这些情侣一样，散落在天涯两两相忘了。

人生不过就是如此了，总有这样那样的遗憾与不完满，总有这样那样的怅惘与不甘心。粗粮软米，哽咽私密，不足为外人道，最终埋没在时间的缝隙中，无处追寻。或者最终都会胆小怯懦的，容易渴求爱，也容易原谅爱。

于是，最终只能隔着时间长河遥望，昔人如月，久久怀念，却始终不得解。

宁可笑着放弃，
也不哭着拥有

处女座对于爱情、婚姻相当尊重，同时也会尽心尽力地付出。但是当他们认定了这是一段不值得眷恋的感情之后，他们会义无反顾地转身而去。

平常的时候，处女座看起来总有一种宁静安详的气质，但请不要忽略他们绝顶冷静和实际的头脑。他们绝不会盲目接受一切不合理的安排，他们虽然很少大声疾呼，内心却有自己的主张，而且一旦决定会很固执。

我以我的方式爱你，你却说我不了解你，
可是我想告诉你，我也许给你的不是你想要的，
但是我给你的都是我认为最好的。

有一种心情叫失落，有一种美丽叫放手。默默地放弃，可能放弃过一个心仪却无缘分的朋友、放弃某种等待却无收获的感情、放弃某种心灵的期望，每放弃一种思绪心里便生出一种伤感。

然而，这种伤感并不妨碍你去重新开始，在新的时空内将音乐重听一遍，将故事再说一遍。因为这是一种自然的告别与放弃，它富有超脱精神，因而伤感得美丽。

人们总是徘徊于情感边缘，放不下，舍不得。如果放弃了，也就释然了，正是因为放不下，舍不得，只能把痛和爱埋在心里，爱不能勉强，勉强也求不来，人生本来就是这样，所以有痛有伤。

无论你是否抓住了，还是远去了，那些过往离你总是或近或远，往事不堪回首，回忆不能梳理，只能在心里深深埋藏。

你本也不是喜欢放弃的人，你认为那是怯懦的表现。你不想让自己有无数孤单的夜，也曾总是苦苦地坚守那份欺骗自己的承诺。

当爱已不存在，却骗自己它依旧不曾走远，幻想一切都是真的，却不愿承认真实的现在。

美好的，并不遥远，却已远离。怀着心中那死气沉沉的爱，天真地觉得：这就是执着。

现实的痛击碎了缥缈的梦，无奈的是或许你对他仍有爱意，对自己却真的是无能为力。

人生有很多人在你眼前飘过，你也会爱上很多人，而你真正获得属于你的幸福以后，你就会懂得属于你的应该珍惜，不属于你的就该放弃。放弃是艺术，也是哲学。

与其痛苦维系还不如放弃好一些，转身离去留下的是背影。昨天在心里是美好，那么明天会更美丽。即使你遍体鳞伤，也唤不回刻骨铭心那段情。痛过后才懂得，放弃也许是美好，执着可能是伤害。

过了许多年，才发现爱已渐渐消逝了。才知道原来握在手里的，不一定就是你所想真正拥有的；你所拥有的，也不一定就是你真正铭刻在心里的；人生很多时候需要自觉地放弃，因为世间还有太多美好的事物等着你追求。

其实你真正所需要的，往往要在经过许多年后才会明白。而对已经拥有的美好，你又因为把握不住尺度，而存在一份忐忑与担心。

总是极力在朋友面前，张扬着笑脸说话。低下头的瞬间，没有人看到你眼角一闪而过的落寞和恐慌。有一天，你会懂得，人生没有他并不会不同。

经历过，懂得了，幻想不过是梦，回首看看，就会觉得风轻云淡，不能预知明天，又何必固执，面对泥泞，尘土飞扬，为何就不能换一条路走，这样也许会快乐一些。

有一种声音，从来不必想起，却永远都不会忘记；有一种关怀，从来不必寻找，却永远都不会失去；有一种思念，从来不必留恋，却永远都不会停止。或许没有真正拥有过，也就无所谓失去。走在爱与痛的边缘，独自斟满最后一杯酒，醉在梦里也醒在梦里。

曾为一段缘分的逝去而悲泣，独自吞咽痛苦的结局。慢慢地才发现这只是成长的经历，这份经历让你懂得了珍惜，更学会了放弃，珍惜相聚时的缘分，离别就无须忧郁。

人生最大的浪费，是虚度的光阴，是错误的执念，是不必要的犹豫，是机械性的反复，是盲目地停滞不前，是不敢接受既定的现状，是追求错误的东西，是用生命解决自己制造的麻烦。

即使你不能放弃，那就深深地埋在心底吧，不去想起便不会纠结和折磨。展现自己的笑容去迎接明天吧，在生命中寻找一个能相伴的人，是一种幸福。如果能给心灵一点慰藉，其实对与错，是没有绝对的。

爱自己所爱，懂自己所需，经历过，总好过从未遇见。

图书在版编目(CIP)数据

这世界从未与你相配过 / 林小仙著. — 北京：现代出版社，2017.9
ISBN 978-7-5143-6405-7

Ⅰ.①这… Ⅱ.①林… Ⅲ.①散文集－中国－当代 Ⅳ.①I267

中国版本图书馆 CIP 数据核字(2017)第 238954 号

这世界从未与你相配过

著　　者　林小仙
责任编辑　赵海燕　毕椿岚
出版发行　现代出版社
通信地址　北京市安定门外安华里 504 号
邮政编码　100011
电　　话　010-64267325　64245264（传真）
网　　址　www.1980xd.com
电子邮箱　xiandai@vip.sina.com
印　　刷　吉林省吉广国际广告股份有限公司
开　　本　880 × 1230　1/32
字　　数　132 千字
印　　张　7.5
版　　次　2018 年 2 月第 1 版　2018 年 2 月第 1 次印刷
书　　号　ISBN 978-7-5143-6405-7
定　　价　38.00 元